Vivian Moreau

24 Weihnachtstraditionen

rund um den Globus

Entdecke an jedem Tag
im Advent die Bräuche und Geschichten
eines anderen Landes

D1665762

Inhalt

Einleitung
Willkommen zu einer zauberhaften Weltreise der Weihnachtsfreude!

Adventsgeschichten

Interaktiver Teil

Urheberrecht

Haftungsausschluss

Impressum

Einleitung

Willkommen zu einer zauberhaften Weltreise der Weihnachtsfreude!

Liebe große und kleine Leserinnen und Leser,

stellt euch vor, ihr könntet in einer einzigen Weihnachtsnacht um die Welt fliegen, jede Stunde in einem anderen Land landen und hautnah erleben, wie dort Weihnachten gefeiert wird. „Weihnachtstraditionen rund um den Globus" lädt euch zu genau diesem Abenteuer ein, mit einer Sammlung von 24 herzerwärmenden Geschichten, die die einzigartigen Weihnachtstraditionen aus aller Welt zum Leben erwecken.

Weihnachten wird in vielen Ländern gefeiert, aber überall ein bisschen anders. In diesem Buch nehmen wir euch mit auf eine Reise, die so vielfältig ist wie die Kulturen unserer Welt. Jede Geschichte öffnet ein Fenster in die Seele eines Landes und seiner Menschen und zeigt, wie universell Freude, Gemeinschaft und der Geist der Hoffnung Weihnachten prägen. Von den verschneiten Bergen Islands bis zu den leuchtenden Festen Indiens, von den festlichen Weihnachtsmärkten in Frankreich bis zu den lebhaften Feiern in Brasilien – jede Geschichte bringt uns die Welt ein Stückchen näher und lässt uns eintauchen in die wunderbare Vielfalt der weihnachtlichen Bräuche.

Unsere Reise beginnt in Australien, wo die Feiern unter der warmen Dezembersonne stattfinden und die Familien am Strand grillen, statt am Kamin zu sitzen. Ihr werdet erfahren, wie in Mexiko die „Posadas", eine neuntägige Feier vor Weihnachten, Familien und Gemeinden zusammenbringt, um die beschwerliche Reise von Maria und Josef nachzustellen. In Schweden erhellt das Fest von Santa Lucia, dem Fest des Lichts, mit seinen traditionellen Umzügen und Liedern die dunkelsten Wintertage und bringt Hoffnung in die Herzen der Menschen.

Dieses Buch richtet sich an alle, die die Welt entdecken und die Weihnachtszeit aus neuen Perspektiven erleben möchten – an neugierige Kinder, die über den eigenen Erfahrungshorizont hinaus-blicken wollen, und an Erwachsene, die die Wunder der Welt mit kindlicher Neugier wiederentdecken möchten. Es ist ein Buch für Familien, die sich am Weihnachtsabend zum Vorlesen versammeln, um neue Traditionen kennenzulernen und in die festliche Stimmung einzutauchen.

„Weihnachtstraditionen rund um den Globus" ist weit mehr als nur eine Geschichtensammlung – es ist eine Reise, die Verständnis fördert und Brücken zwischen den Kulturen baut. Dieses Buch inspiriert, bildet und verbindet, indem es die reichen Traditionen und bewegenden Geschichten aus verschiedenen Kulturen teilt. Jede Geschichte ist sorgfältig recherchiert und liebevoll verfasst, um nicht nur zu unterhalten, sondern auch zu informieren und zum Nachdenken anzuregen.

Was erwartet euch in diesem Buch? Neben den spannenden Geschichten gibt es interessante Quizfragen und farbenfrohe Illustrationen, die die Texte visuell unterstützen und euch helfen, die Szenen noch lebendiger zu erleben. Auf den Seiten dieses Buches werdet ihr entdecken, dass Weihnachten eine wunderbare Gelegenheit ist, die Vielfalt der Welt zu feiern und gleichzeitig das zu schätzen, was uns alle verbindet: **die Freude am Teilen, das Miteinander und die Hoffnung auf eine bessere, friedvollere Welt.**

Vom ersten Advent bis zum ertsen Weihnachtstag lade ich euch ein, die Welt nicht nur zu sehen, sondern auch zu erleben und zu verstehen. Lasst uns gemeinsam auf diese festliche Entdeckungsreise gehen und die Geschichten, die Freude und das Wunder von Weihnachten mit der ganzen Welt teilen.

Wir haben uns bemüht, alle Traditionen und Fakten so genau wie möglich darzustellen. Sollte dennoch ein Fehler oder eine ungenaue Information enthalten sein, freuen wir uns über eure Rückmeldung. Möge dieses Buch dazu inspirieren, über den eigenen Traditionenhorizont hinauszublicken und die kulturelle Vielfalt als Bereicherung des Lebens zu schätzen – ein kleiner Schritt in Richtung einer offeneren und solidarischeren Welt.

Weihnachten in Australien

Unter der Sonne

An der sonnigen Küste von Sydney, in einem wunderschönen Haus, lebte Emily. Für sie war Weihnachten die aufregendste Zeit des Jahres, obwohl es mitten im Sommer stattfand. Statt Schnee und Kälte gab es strahlenden Sonnenschein und heiße Tage – das machte das Fest für Emily besonders einzigartig.

Schon Anfang Dezember begann die Familie mit den festlichen Vorbereitungen. Emily und ihre Eltern schmückten das Haus mit bunten Lichtern, die in den lauen Sommernächten leuchteten. Doch das Herzstück der Dekoration war der Weihnachtsbaum, der anstelle der üblichen Kugeln und Lametta mit bunten Muscheln und Sanddollars (eine flache, runde Meeresmuschel) geschmückt war, die Emily das ganze Jahr über am Strand gesammelt hatte. Jede Muschel und jeder Sanddollar erzählte eine eigene kleine Geschichte, und Emily erinnerte sich gerne daran, wenn sie den Baum dekorierte.

Am 24. Dezember, dem Heiligabend, war die Vorfreude groß. Die Familie beschloss, den Tag am Strand zu verbringen, und Emily trug ein leichtes Sommerkleid und spielte barfuß im warmen Sand. Während ihre Eltern das große Grillfest für den nächsten Tag vorbereiteten, sammelte Emily Muscheln, baute Sandburgen und planschte mit ihren Freunden im Meer. Die Sonne strahlte vom Himmel, und das Rauschen der Wellen erfüllte die Luft mit einer angenehmen Ruhe.

Die heiße Sommerluft erfüllte den Morgen des 25. Dezembers, als Emily aufgeregt aus dem Bett sprang. Sie konnte es kaum erwarten, die bunten Geschenke unter dem Weihnachtsbaum zu öffnen. Mit glitzernden Augen riss sie das Papier auf und entdeckte ein DIY-Schmuckset, mit dem sie Armbänder und Halsketten aus bunten Perlen basteln konnte. Das zweite Geschenk war ein Polaroid-Fotoprinter, mit dem sie ihre eigenen Fotos drucken und dekorieren konnte. Voller Begeisterung begann sie sofort, ihre Schmuckstücke zu gestalten und die ersten Fotos zu drucken.

Nach einem leckeren Frühstück mit frischen Früchten, darunter saftige Mangos und Kirschen, machte sich die Familie auf den Weg zum Strand für das große Grillfest. Weihnachten bedeutete in Australien, viel Zeit im Freien zu verbringen, und so freute sich Emily besonders auf das Barbecue am Bondi Beach. Gemeinsam mit ihrem Vater legte sie Garnelen und Austern auf den Grill, während ihre Mutter einen großen Salat mit frischem Gemüse zubereitete. Der Duft des Grillguts vermischte sich mit der salzigen Meeresluft, und bald trafen Freunde und Verwandte ein, um gemeinsam zu feiern.

Der Höhepunkt des Tages war, als ein Weihnachtsmann in Badehose und Sonnenbrille auf einem Surfbrett an den Strand kam. Alle Kinder jubelten, als der Weihnachtsmann ihnen kleine Geschenke aus einem wasserdichten Sack überreichte. Emily erhielt ein Set bunter Muscheln, das sie stolz zu ihrer Sammlung hinzufügte.

Als der Abend näher rückte und die Sonne langsam hinter dem Horizont verschwand, versammelten sich alle am Strand für ein besonderes Ereignis: „Carols by Candlelight". Bei Kerzenlicht sangen die Menschen gemeinsam Weihnachtslieder, während die Sterne am Himmel funkelten. Emily hielt eine kleine Kerze in der Hand und sang laut mit, erfüllt von der Magie des Augenblicks. Die Stimmen der Menschen vermischten sich mit dem sanften Rauschen der Wellen, und die Lichter der Kerzen spiegelten sich im Wasser wider.

Später, als sie zu Hause war und sich auf die Nacht vorbereitete, dachte Emily darüber nach, wie besonders ihr Weihnachten war. Sie liebte die einzigartigen Traditionen ihrer Familie und die Wärme, die das Fest mit sich brachte, sowohl in den Herzen der Menschen als auch durch das sonnige Wetter. Mit einem glücklichen Herzen schlief Emily schließlich ein, träumend von den vielen weiteren Weihnachts-festen, die sie noch erleben würde, jedes einzelne unter der strahlenden Sonne Australiens.

Kulturelle Besonderheiten

o Weihnachten in Australien fällt in den Sommer, was bedeutet, dass viele Familien das Fest am Strand oder beim Grillen im Garten feiern.

o Der Weihnachtsmann kommt oft in einer roten Badehose und manchmal sogar auf einem Surfbrett.

Geschichtliche Hintergründe

Weihnachten in Australien wurde ursprünglich von europäischen Siedlern eingeführt, und viele der Traditionen stammen aus England, wurden jedoch an das warme Klima angepasst.

Wo ist Australien?

QUIZ

1. Warum feiern die Australier Weihnachten oft am Strand?
- o a) Weil Weihnachten in Australien im Winter ist
- o b) Weil Weihnachten in Australien im Sommer ist
- o c) Weil es keine Weihnachtsbäume in Australien gibt

2. Wie kommt der Weihnachtsmann manchmal in Australien an?
- o a) Auf einem Rentierschlitten
- o b) Auf einem Surfbrett
- o c) Mit einem Flugzeug

3. Womit schmückt Emily an ihrem Weihnachtsbaum?
- o a) Mit bunte Muscheln und Sanddollars
- o b) Mit Kugeln und Lametta
- o c) Mit Bonbons und Schokolade

4. Wie feiern die Australier oft Weihnachten?
- o a) Mit einem großen Fest in der Kirche
- o b) Mit einem Schneemann-Wettbewerb
- o c) Mit einem großen Grillfest am Strand

5. Was macht der Weihnachtsmann in Badehose und Sonnenbrille?
- o a) Er geht schwimmen
- o b) Er verteilt kleine Geschenke
- o c) Er spielt Strandvolleyball

6. Was ist "Carols by Candlelight"?
- o a) Ein Spielzeug
- o b) Ein besonderes Weihnachtsessen
- o c) Eine Veranstaltung, bei der Weihnachtslieder bei Kerzenlicht gesungen werden

Lösungen: 1-b, 2-b, 3-a, 4-c, 5-b, 6-c

2 Weihnachten in den Niederlanden

Sinterklaas und Kerstkransjes

Weihnachten in den Niederlanden war für Daan immer etwas ganz Besonderes. In seiner malerischen Stadt strahlten die Lichter, und die besonderen Traditionen verwandelten die kalten Wintertage in ein magisches Erlebnis, das er jedes Jahr aufs Neue genoss.

Die Vorfreude auf Weihnachten begann in den Niederlanden schon Anfang Dezember, als überall die ersten Vorbereitungen getroffen wurden. Doch der offizielle Beginn der festlichen Zeit war der 5. Dezember, der „Sinterklaasavond". An diesem Abend stellten Daan und seine Schwester ihre Schuhe vor den Kamin, wie es die Tradition verlangte. Sie legten eine Karotte oder ein Stück Heu hinein, um das Pferd von Sinterklaas, das weiße Pferd „Amerigo", zu versorgen. Die Aufregung war groß, als sie zu Bett gingen, denn sie wussten, dass Sinterklaas in der Nacht die Häuser besuchen würde, begleitet von seinen Helfern, den „Zwarte Pieten".

Am nächsten Morgen weckten Daan und Lisa ihre Eltern früh und rannten aufgeregt zum Kamin. Ihre Schuhe waren gefüllt mit Süßigkeiten, kleinen Geschenken und manchmal sogar einem liebevollen Gedicht von Sinterklaas. Die Freude in diesen Momenten war unbeschreiblich, und Daan wusste, dass dieser Tag immer zu den schönsten des Jahres gehören würde.

In den Wochen bis zum eigentlichen Weihnachtsfest verbrachte Daan viel Zeit mit seiner Familie, um das Haus festlich zu dekorieren. Sie schmückten den Weihnachtsbaum mit funkelnden Lichtern und traditionellen niederländischen Ornamenten. Die Fenster des Hauses erstrahlten im Schein von Kerzen, die das dunkle Winterlicht mit einem warmen Glanz erfüllten. Daan half seiner Mutter, den Baum zu schmücken, und genoss die Geschichten, die sie über die alten Traditionen erzählte.

Am 24. Dezember, dem Heiligabend, versammelte sich die Familie zu einem besonderen Abendessen. Das Weihnachtsessen bestand aus traditionellen niederländischen Gerichten wie Wild, Fisch und „Gourmetten" bei dem kleine Fleischstücke und Gemüse direkt am Tisch auf einer Grillplatte zubereitet wurden. Zum Nachtisch gab es „Kerstkransjes", kleine Weihnachtskringel aus Mürbeteig, die Daan über alles liebte.

Nach dem Essen zog die Familie ihre warmen Mäntel an und machte sich auf den Weg zur Mitternachtsmesse in die örtliche Kirche. Die Kirche war festlich geschmückt, und die Kerzen erleuchteten den Raum. Die Menschen sangen fröhliche Weihnachtslieder, und Daan fühlte sich in diesen Momenten besonders geborgen. Das Gefühl der Gemeinschaft, das die Messe mit sich brachte, war für ihn ein zentraler Bestandteil der Weihnachtszeit.

In der stillen Morgenluft des 25. Dezembers huschte Daan zum Weihnachtsbaum, voller Vorfreude auf die Geschenke. Seine Hände zitterten vor Aufregung, als er das Papier abriss und eine ferngesteuerte Drohne entdeckte, die in die Lüfte aufsteigen konnte. Doch das war noch nicht alles: Ein Set für magische Zaubertricks brachte seine Augen zum Leuchten. Den Rest des Tages verbrachte er damit, seine neuen Schätze auszuprobieren und Zaubertricks vorzuführen.

Ein weiterer Höhepunkt der Weihnachtszeit war der 26. Dezember, der „Tweede Kerstdag" (Zweiter Weihnachtsfeiertag). An diesem Tag besuchte die Familie Freunde und Verwandte, um gemeinsam zu feiern und Geschenke auszutauschen. Besonders freute sich Daan auf die Besuche bei seinen Großeltern, die immer etwas Besonderes für ihn bereithielten.

In den Tagen nach Weihnachten besuchte Daan mit seiner Familie die „Kerstmarkten", die Weihnachtsmärkte, die in vielen niederländischen Städten stattfanden. Die Stände waren voller handgemachtem Schmuck, köstlicher Leckereien und funkelnder Lichter. Daan liebte es, durch die Stände zu schlendern, den Duft von gebratenen Mandeln und heißem Kakao zu genießen und die festliche Musik zu hören, die von überall her erklang.

Die Weihnachtszeit in den Niederlanden endete am 6. Januar mit dem Dreikönigstag. In einigen Regionen fanden Paraden statt, und die Kinder stellten ihre Schuhe vor die Tür, um kleine Geschenke von den Heiligen Drei Königen zu erhalten. Diese letzte Tradition rundete das Weihnachtsfest für Daan ab und ließ ihn spüren, wie viel Freude und Liebe in diesen besonderen Tagen steckte. Mit einem glücklichen Herzen und süßen Träumen schlief Daan am Weihnachtsabend ein, während draußen die Sterne über der festlich erleuchteten Stadt funkelten.

Kulturelle Besonderheiten

o Weihnachten beginnt am 5. Dezember mit dem „Sinterklaasavond", dem Abend des Heiligen Nikolaus.

o „Gourmetten", das Kochen kleiner Fleischstücke und Gemüse am Tisch, ist ein beliebtes Weihnachtsessen.

Geschichtliche Hintergründe

Viele niederländische Weihnachtstraditionen stammen aus dem Mittelalter und sind eng mit der katholischen Kirche verbunden. Sinterklaas hat seine Wurzeln im Nikolaus, dem Bischof von Myra, und wurde im Laufe der Zeit zu einer eigenständigen Figur in den Niederlanden.

Wo sind die Niederlanden?

QUIZ

1. Wann beginnt die Weihnachtszeit in den Niederlanden?
o   a) Am 1. Dezember
o   b) Am 5. Dezember
o   c) Am 24. Dezember

2. Was legen Daan und seine Schwester in ihre Schuhe?
o   a) Eine Karotte oder Heu
o   b) Eine Kerze
o   c) Schokolade

3. Was finden die Kinder am Morgen nach Sinterklaasavond in ihren Schuhen?
o   a) Früchte und Nüsse
o   b) Münzen und Schmuck
o   c) Süßigkeiten, kleine Geschenke, ein Gedicht

4. Was gibt es bei Daans Familie an Heiligabend zu essen?
o   a) Pizza
o   b) Wild, Fisch, „Gourmetten"
o   c) Nudeln

5. Was isst Daan zum Nachtisch am Heiligabend?
o   a) „Kerstkransjes"
o   b) Kuchen
o   c) Eiscreme

6. Wann endet die Weihnachtszeit in den Niederlanden?
o   a) Am Neujahrstag
o   b) Am Dreikönigstag
o   c) Am 31. Dezember

13

Lösungen: 1-b, 2-a, 3-c, 4-b, 5-a, 6-b

3 Weihnachten in England

Knacker und Mince Pies

Oliver lebte in einem gemütlichen Haus in London, wo Weihnachten die schönste Zeit des Jahres war. Die festlichen Traditionen und fröhlichen Überraschungen ließen ihn und seine Familie die kalten Wintertage mit Freude füllen.

Die festliche Zeit begann mit dem Anzünden der Adventskerzen. Oliver liebte es, die erste Kerze auf dem Adventskerzenhalter zu zünden und die Tage bis Weihnachten zu zählen. Jeden Tag wurde das Haus mehr und mehr geschmückt, mit Girlanden, bunten Lichtern und glänzenden Kugeln. Der Weihnachtsbaum im Wohnzimmer strahlte in voller Pracht und verbreitete einen wunderbaren Tannenduft im ganzen Haus.

Am Heiligabend, dem 24. Dezember, war die Vorfreude kaum auszuhalten. Oliver und seine Schwester Ellie hängten ihre Weihnachtsstrümpfe am Kamin auf und stellten einen Teller mit Mince Pies und ein Glas Milch für den Weihnachtsmann bereit, sowie eine Karotte für das Rentier Rudolph. Sie wussten, dass der Weihnachtsmann in der Nacht kommen und die Geschenke unter den Baum legen würde. Bevor sie ins Bett gingen, las ihre Mutter ihnen eine Weihnachtsgeschichte vor. Oliver liebte es, von den Abenteuern des Weihnachtsmanns und seinen Rentieren zu hören, und schlief mit einem Lächeln auf den Lippen ein.

Weihnachtsmorgen in England, und Oliver und Ellie konnten es kaum erwarten. Sie stürmten ins Wohnzimmer, wo ihre Eltern schon bereitstanden. Gemeinsam rissen sie das Geschenk-papier ab und freuten sich über Walkie-Talkies, mit denen sie sich in ihrem großen Garten verständigen konnten. Als sie das letzte Geschenk öffneten, fanden sie eine leuchtende Nachtlampe in Form eines süßen Tieres, die sanftes Licht spendete und sie nachts begleitete. Es war ein unvergesslicher Morgen. Doch der Höhepunkt des

Vormittags war das Öffnen der Weihnachtsknacker, bunten Papierrollen, die sich mit einem lauten Knall entfalteten und kleine Spielsachen, Witze und Papierkronen enthielten. Oliver liebte es, die Knacker mit seiner Familie zu teilen und die Papierkronen aufzusetzen.

Das Weihnachtsessen war ein wahres Festmahl. Auf dem Tisch standen ein goldbrauner Truthahn, knusprige Bratkartoffeln, Rosenkohl, Karotten und Soße. Zum Nachtisch gab es den traditionellen Christmas Pudding, einen reichhaltigen, dunklen Kuchen, der mit Trockenfrüchten gefüllt und mit Brandy übergossen war. Oliver freute sich immer auf den Moment, wenn der Pudding angezündet wurde und in Flammen aufging – ein magischer Anblick!

Nach dem Essen, um drei Uhr nachmittags, versammelte sich die Familie vor dem Fernseher, um die Weihnachtsansprache aus dem Königshaus zu hören. Oliver fand es faszinierend, dass die Ansprache in vielen Haushalten in ganz England gleichzeitig angesehen wurde. Danach spielte die Familie Spiele, erzählte Geschichten und genoss die gemeinsame Zeit. Die Wärme und Freude des Festes erfüllten das Haus und Oliver fühlte sich glücklich und geborgen.

Am späten Nachmittag unternahm die Familie einen Spaziergang durch die Nachbarschaft, um die festlich geschmückten Häuser zu bewundern. Viele Nachbarn hatten ihre Häuser mit Lichtern und aufwendigen Dekorationen geschmückt. Oliver staunte über die Kreativität und den Glanz, der die dunklen Wintertage erhellte.

Weihnachten in England war für Oliver immer eine Zeit der Wunder und des Zusammenhalts. Die Traditionen, die köstlichen Speisen und die gemeinsamen Erlebnisse machten diese Zeit zu etwas ganz Besonderem. Als die Lichter des Weihnachtsbaums im Dunkeln funkelten und die letzten Klänge der Weihnachtslieder verklangen, wusste Oliver, dass er sich auf das nächste Weihnachtsfest freuen konnte, das sicherlich genauso magisch sein würde.

Kulturelle Besonderheiten

o Der Weihnachtstag beginnt oft mit einem festlichen Frühstück und endet mit einem großen Weihnachtsessen, bei dem Truthahn, Weihnachtspudding und Mince Pies serviert werden.
o Die Weihnachtsansprache des Königshauses am Nachmittag ist ein fester Bestandteil des Festes.

Geschichtliche Hintergründe

Viele englische Weihnachtstraditionen stammen aus der viktorianischen Ära, als Königin Victoria und Prinz Albert den Weihnachtsbaum und andere Bräuche populär machten.

Wo ist England?

QUIZ

1. Was markiert den Beginn der festlichen Zeit in Olivers Haus?
o   a) Das Aufstellen des Weihnachtsbaums
o   b) Das Anzünden der Adventskerzen
o   c) Das Aufhängen der Strümpfe

2. Was legen Oliver und seine Schwester für den Weihnachts-mann bereit?
o   a) Mince Pies und Milch
o   b) Kekse und Kakao
o   c) Kuchen und Tee

3. Was machen Oliver und seine Familie an Heiligabend?
o   a) Sie spielen Spiele
o   b) Sie hängen Weihnachtsstrümpfe auf
o   c) Sie schmücken den Weihnachtsbaum

4. Was enthalten die Weihnachtsknacker, die Oliver öffnet?
o   a) Süßigkeiten und Spielzeug
o   b) Bücher und Stifte
o   c) Spielsachen, Witze und Papierkronen

5. Welches Gericht ist Teil des Weihnachtsessens in Olivers Familie?
o   a) Weihnachtsgans
o   b) Roastbeef
o   c) Christmas Pudding

6. Wann wird die Weihnachtsansprache des Königshauses angesehen?
o   a) Am ersten Advent
o   b) Am zweiten Weihnachtsfeiertag
o   c) Am ersten Weihnachtsfeiertag, um drei Uhr nachmittags

17

Weihnachten in
Russland

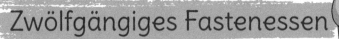

Zwölfgängiges Fastenessen

In einem kleinen, verschneiten Dorf in Russland lebte ein Mädchen namens Anya. Für sie war Weihnachten nicht nur ein Feiertag, sondern eine ganze Saison voller Freude und schöner Traditionen, die sich über viele Wochen erstreckten.

In Russland wird Weihnachten nach dem Julianischen Kalender gefeiert und fällt daher auf den 7. Januar. Die festliche Zeit beginnt jedoch schon am 6. Januar, dem Heiligen Abend. An diesem Tag fasteten Anya und ihre Familie, bis der erste Stern am Himmel erschien, der an den Stern von Bethlehem erinnerte. Sobald der Stern sichtbar war, begann das festliche Abendessen, das "Sochelnik" genannt wurde.

Das Abendessen bestand aus zwölf verschiedenen Gerichten, die die zwölf Apostel repräsentierten. Anya half ihrer Mutter bei den Vorbereitungen und war besonders aufgeregt wegen der vielen köstlichen Speisen. Es gab Kutya, ein süßes Getreidegericht mit Honig und Nüssen, Borschtsch, eine rote Rübensuppe, gefüllten Kohl, Pilz-Piroggen und viele andere Leckereien. Anya liebte es, die verschiedenen Gerichte zu probieren und die Geschichten zu hören, die ihre Mutter über jede Speise erzählte.

Nach dem Abendessen versammelte sich die Familie um den Weihnachtsbaum, der mit handgefertigten Ornamenten und Lichtern geschmückt war. Unter dem Baum lagen Geschenke, aber in Russland brachte nicht der Weihnachtsmann die Geschenke, sondern Väterchen Frost, begleitet von seiner Enkelin, dem Schneemädchen Snegurotschka. Anya und ihre Geschwister öffneten die Geschenke mit großer Freude und fanden Spielsachen, Wintermützen, Tennisschläger und Süßigkeiten.

Ein weiterer Höhepunkt des Heiligen Abends war der Besuch der Mitternachtsmesse in der Kirche. Die Kirche war prachtvoll geschmückt, mit Ikonen und Kerzen, und die Menschen sangen alte Weihnachtslieder. Anya liebte die feierliche Atmosphäre und die wunderschönen Gesänge, die die Kirche erfüllten. Nach der Messe wünschten sich alle "S Rozhdestvom" – Frohe Weihnachten.

Am 7. Januar, dem Weihnachtstag, besuchte Anya mit ihrer Familie Freunde und Verwandte, um gemeinsam zu feiern. Es wurde gelacht und gegessen und es wurden viele Geschichten erzählt. Eine besonders lustige Tradition war das Spielen von "Vertep", einem Puppentheater, das die Geburt Jesu darstellte. Anya und ihre Freunde führten das Theaterstück für ihre Familie auf und hatten dabei großen Spaß.

In den folgenden Tagen ging das Feiern weiter. Die russische Weihnachtszeit endete erst am 14. Januar mit dem "Alten Neujahr", einem traditionellen Neujahrsfest nach dem Julianischen Kalender. An diesem Tag veranstaltete Anyas Familie ein weiteres großes Festessen, bei dem erneut köstliche Gerichte serviert wurden.

Eines der schönsten Rituale der russischen Weihnachtszeit war das Singen von "Koljadki", traditionellen Weihnachtsliedern. Anya und ihre Freunde zogen von Haus zu Haus, sangen die fröhlichen Lieder und wurden mit Süßigkeiten und kleinen Geschenken belohnt. Es war eine Zeit der Gemeinschaft und des Teilens, und Anya liebte das Gefühl der Zusammengehörigkeit, das diese Tradition mit sich brachte.

Weihnachten in Russland war für Anya immer eine magische Zeit. Die vielen Traditionen, die köstlichen Speisen und die fröhlichen Lieder machten diese Saison zu etwas ganz Besonderem. Als die Weihnachtszeit schließlich zu Ende ging, wusste Anya, dass sie sich auf das nächste Jahr freuen konnte, wenn die Sterne wieder am Himmel leuchten und die Gesänge erneut die kalte Winterluft erfüllen würden.

Kulturelle Besonderheiten

o Weihnachten wird in Russland nach dem Julianischen Kalender am 7. Januar gefeiert.
o Die Feierlichkeiten beginnen mit einem zwölfgängigen Fastenessen, das an die zwölf Apostel erinnert.

Geschichtliche Hintergründe

Weihnachten in Russland wurde nach der Oktoberrevolution 1917 für viele Jahre nicht offiziell gefeiert und kehrte erst nach dem Zusammenbruch der Sowjetunion wieder in den öffentlichen Kalender zurück.

Wo ist Russland?

QUIZ

1. Wann wird Weihnachten in Russland gefeiert?
- o a) Am 25. Dezember
- o b) Am 6. Januar
- o c) Am 7. Januar

2. Was passiert, bevor Anya und ihre Familie am Heiligen Abend essen?
- o a) Sie öffnen Geschenke
- o b) Sie fasten, bis der erste Stern am Himmel erscheint
- o c) Sie gehen zur Kirche

3. Wie viele Gerichte gibt es beim festlichen Abendessen?
- o a) Zwölf
- o b) Sieben
- o c) Zehn

4. Wer bringt in Russland die Weihnachtsgeschenke?
- o a) Der Weihnachtsmann
- o b) Väterchen Frost und Snegurotschka
- o c) Der Nikolaus

5. Was ist "Vertep"?
- o a) Ein traditionelles russisches Gericht
- o b) Ein Puppentheater, das die Geburt Jesu darstellt
- o c) Ein Weihnachtslied

6. Wann endet die russische Weihnachtszeit?
- o a) Am 1. Januar
- o b) Am 7. Januar
- o c) Am 14. Januar

21

5 Weihnachten in Japan

Romantische Lichter und Brathähnchen

Die Stadt Tokio erstrahlte im Dezember in tausenden Lichtern, und für Yumi war die Weihnachtszeit etwas ganz Besonderes. Obwohl Weihnachten in Japan kein offizieller Feiertag war, genoss Yumi die festliche Stimmung, die die kalten Winterabende verzauberte

Schon Anfang Dezember begannen die Straßen und Gebäude Tokios, in funkelnden Lichtern zu erstrahlen. Yumi und ihre Familie machten oft abends Spaziergänge, um die beein-druckenden Lichtinstallationen zu bewundern. Besonders der Tokio Tower, der in einem speziellen Weihnachtsglanz erleuchtete, war jedes Jahr ein glänzender Höhepunkt, der Yumi mit Vorfreude erfüllte.

Eine besondere japanische Weihnachtstradition, auf die sich Yumi jedes Jahr freute, war das Weihnachtsessen. Anders als in vielen anderen Ländern bestand das Festmahl in Japan oft aus einem speziellen Brathähnchen von einer berühmten Fast-Food-Kette. Gemeinsam mit ihrer Familie genoss Yumi das knusprige Hähnchen und einen „Weihnachtskuchen", einen Erdbeerkuchen mit Sahne, der für diese festliche Zeit gebacken wurde.

Am 24. Dezember, dem Weihnachtsabend, tauschte Yumi kleine Geschenke mit ihren Freunden aus. In Japan ist Weihnachten eine romantische Zeit, und Yumi freute sich sehr, als sie von ihrer besten Freundin ein wunderschönes Armband und diese einen von Yumi handgefertigten Schal erhielt. Die Freude über die kleinen Geschenke und die Geste der Freundschaft erfüllten Yumi mit einem warmen Gefühl.

Auch „Santa-San", der japanische Weihnachtsmann, durfte in Yumis Weihnachtszeit nicht fehlen. Obwohl Santa-San keine tiefe Tradition in Japan hat, bringt er den Kindern viel Freude. Yumi und ihre kleine Schwester Haru stellten am

Weihnachtsabend ihre Schuhe vor die Tür, in der Hoffnung, dass Santa-San sie mit kleinen Überraschungen füllen würde. Am Morgen des 25. Dezembers fanden sie ihre Schuhe voller Süßigkeiten und kleiner Spielsachen, was ihnen ein breites Lächeln auf die Gesichter zauberte.

In Yumis Schule, in der es zur Weihnachtszeit keine Ferien gab, wurden kleine Feste und Aufführungen veranstaltet. Yumi war dieses Jahr besonders aufgeregt, weil sie in einem Theaterstück mitspielte. Auf der Bühne zu stehen und die stolzen Gesichter ihrer Eltern im Publikum zu sehen, machte dieses Erlebnis für Yumi unvergesslich.

Eine weitere Tradition, die Yumi sehr genoss, war das Schreiben und Verschicken von Weihnachtskarten. An vielen Nachmittagen saß sie mit bunt gemusterten Karten und Stiften da, um liebevolle Botschaften an Freunde und Verwandte zu verfassen. Die Karten, oft verziert mit niedlichen Zeichnungen und besten Wünschen, waren für Yumi eine besondere Art, ihre Zuneigung auszudrücken.

Am Weihnachtstag selbst, dem 25. Dezember, unternahm Yumis Familie einen Ausflug in einen der nahegelegenen Freizeitparks. Viele dieser Parks waren zur Weihnachtszeit festlich geschmückt und boten spezielle Attraktionen und Paraden. Yumi und Haru verbrachten den Tag damit, aufregende Fahrgeschäfte ausgiebig zu nutzen und die festliche Stimmung im Park zu genießen.

Auch wenn Weihnachten in Japan anders gefeiert wurde als in vielen anderen Ländern, liebte Yumi die besondere Mischung aus westlichen und japanischen Traditionen. Die funkelnden Lichter, die köstlichen Speisen und die liebevollen Gesten machten diese Zeit des Jahres für Yumi zu etwas ganz Besonderem.

Mit einem glücklichen Herzen und süßen Träumen schlief Yumi am Weihnachtsabend ein, während draußen die Lichter der Stadt weiterhin funkelten und die Magie der Weihnachtszeit in der Luft lag.

Kulturelle Besonderheiten

o Weihnachten ist kein offizieller Feiertag in Japan, wird jedoch als romantische Zeit angesehen, ähnlich wie der Valentinstag.

o Viele Japaner essen an Weihnachten Brathähnchen von einer Fast-Food-Kette, eine Tradition, die durch eine erfolgreiche Werbekampagne in den 1970er Jahren entstanden ist.

Geschichtliche Hintergründe

Weihnachten wurde von westlichen Ländern eingeführt und hat sich zu einem kommerziellen Fest entwickelt, das besonders bei jungen Menschen beliebt ist.

Wo ist Japan?

QUIZ

1. Wann beginnt die Weihnachtszeit in Japan für Yumi und ihre Familie?
- o   a) Ende November
- o   b) Mitte Dezember
- o   c) Anfang Dezember

2. Welches besondere Essen genießt Yumi mit ihrer Familie an Weihnachten?
- o   a) Sushi
- o   b) Brathähnchen von einer Fast-Food-Kette
- o   c) Pizza

3. Wie wird Weihnachten in Japan oft betrachtet?
- o   a) Als religiöses Fest
- o   b) Als romantische Zeit
- o   c) Als Familientreffen

4. Was stellen Yumi und ihre Schwester Haru am Weihnachtsabend vor die Tür?
- o   a) Ihre Schuhe
- o   b) Einen Teller mit Keksen
- o   c) Einen Weihnachtsbaum

5. Welche Aktivität unternimmt Yumis Familie am Weihnachtstag?
- o   a) Sie besuchen ein Museum
- o   b) Sie machen einen Ausflug zu einem Freizeitpark
- o   c) Sie gehen zum Strand

6. Was ist ein beliebter Brauch in Japan zur Weihnachtszeit?
- o   a) Weihnachtskarten verschicken
- o   b) Eier dekorieren
- o   c) Feuerwerke veranstalten

Lösungen: 1-c, 2-b, 3-b, 4-a, 5-b, 6-a

Weihnachten in den USA

Spektakuläre Dekoration

An einem kalten Dezembermorgen in den USA stand Jack am Fenster und bewunderte den ersten Schnee des Jahres. Weihnachten rückte näher, und er freute sich nicht nur auf die Geschenke, sondern vor allem auf die besonderen Momente, die er mit seiner Familie erleben würde.

In der Woche nach dem amerikanischen Erntedankfest, als die ersten Lichter in der Nachbarschaft aufgehängt wurden, begann auch bei Jack zu Hause die festliche Saison. Zusammen mit seinen Eltern und seiner Schwester Emma holte er den großen Karton mit den Weihnachtsdekorationen vom Dachboden. Der Duft von frischen Tannenzweigen erfüllte das Haus, als sie den Weihnachts-baum aufstellten und mit glänzenden Kugeln und Lichterketten schmückten. Jedes Jahr durfte Jack den funkelnden Stern auf die Baumspitze setzen, ein Ritual, das ihm besonders viel Freude bereitete.

Am Heiligabend, dem 24. Dezember, war die Spannung kaum auszuhalten. Jack und Emma hängten ihre Weihnachtsstrümpfe über dem Kamin auf und stellten ein Glas Milch und ein paar Kekse für den Weihnachtsmann bereit. Bevor sie ins Bett gingen, las ihre Mutter ihnen eine Weihnachtsgeschichte vor – ein Moment, den Jack besonders liebte. Er stellte sich immer vor, wie Santa Claus in der stillen Nacht durch den Schnee fuhr, um allen Kindern Freude zu bringen.

Noch bevor die ersten Sonnenstrahlen den Himmel erleuchteten, sprang Jack am Weihnachtsmorgen aus dem Bett. Sein Herz klopfte vor Aufregung, als er die bunten Päckchen unter dem festlich geschmückten Weihnachtsbaum sah, der mit funkelnden Lichtern und glänzenden Kugeln dekoriert war. Das größte Geschenk enthielt ein Hoverboard, das ihn durch die Straßen sausen ließ. In den anderen Päckchen entdeckte er einen LED-Basketball, der im Dunkeln leuchtete, und eine Auswahl seiner Lieblingssüßigkeiten. Jack konnte sein Glück kaum fassen und freute sich darauf, seine neuen Schätze auszuprobieren.

Nach dem Geschenkeauspacken begann die Familie mit den Vorbereitungen für das große Weihnachtsessen. Der Tisch war festlich gedeckt mit rot-weißen Kerzen und Tannenzweigen, und es duftete köstlich nach den traditionellen Gerichten: Truthahn, Kartoffelpüree, Süßkartoffeln und Cranberry-Sauce. Zum Nachtisch gab es Pumpkin Pie und Apple Pie, Jacks Lieblingsdesserts, die seine Mutter immer besonders lecker zubereitete. Die Familie verbrachte den Nachmittag damit, gemeinsam zu essen, zu lachen und sich Geschichten zu erzählen, während das Kaminfeuer knisterte und für eine gemütliche Atmosphäre sorgte.

Am Nachmittag setzten sie eine weitere Tradition fort: das gemeinsame Anschauen von Weihnachtsfilmen. "It's a Wonderful Life" und "Home Alone" standen ganz oben auf der Liste. Die lustigen und herzerwärmenden Geschichten brachten die ganze Familie zum Lachen und sorgten für eine festliche Stimmung im Haus.

Als es draußen dunkel wurde, machten Jack und seine Familie einen Spaziergang durch die Nachbarschaft, um die Weihnachtslichter der anderen Häuser zu bewundern. Viele waren mit Lichterketten, leuchtenden Rentieren und Schneemännern geschmückt. Es gab sogar einen Wettbewerb für die schönste Dekoration, und Jack war jedes Jahr gespannt, welches Haus gewinnen würde.

In den Tagen nach Weihnachten besuchte die Familie Freunde und Verwandte, um gemeinsam zu feiern und Geschenke auszutauschen. Es war eine Zeit des Teilens und der Freude, die Jack besonders genoss. Er liebte es, seine Cousins und Cousinen zu sehen und mit ihnen zu spielen, während die Erwachsenen Geschichten erzählten und das vergangene Jahr Revue passieren ließen.

Weihnachten in den USA war für Jack eine magische Zeit. Die funkelnden Lichter, das festliche Essen und die vielen geliebten Traditionen machten diese Zeit zu etwas ganz Besonderem. Jack schloss die Augen und ließ sich von süßen Träumen tragen, während draußen die Lichter der weihnachtlich dekorierten Häuser in seiner Nachbarschaft weiterhin strahlten und die Sterne am Himmel funkelten.

Kulturelle Besonderheiten

o Das Schmücken des Hauses mit Lichtern, Weihnachts-
kränzen und riesigen aufblasbaren Figuren ist eine weit
verbreitete Tradition.

o Der Weihnachtsmann bringt die Geschenke
am Heiligabend und die Kinder öffnen sie am
Weihnachtsmorgen.

Geschichtliche Hintergründe

Viele Weihnachtstraditionen in den USA stammen aus
verschiedenen Einwandererkulturen, insbesondere aus
England, Deutschland und den Niederlanden.

Wo sind die USA?

QUIZ

1. Wann beginnt die Weihnachtszeit für Jack und seine Familie?
o   a) Anfang November
o   b) Nach Thanksgiving, Ende November
o   c) Mitte Dezember

2. Was schmückt die Spitze von Jacks Weihnachtsbaum?
o   a) Ein Engel
o   b) Eine Schneeflocke
o   c) Ein funkelnder Stern

3. Was stellen Jack und Emma am Heiligabend für den Weihnachtsmann bereit?
o   a) Ein Glas Milch und Kekse
o   b) Karotten und Kekse
o   c) Apfelsaft und Plätzchen

4. Welchen Weihnachtsfilm schaut Jacks Familie jedes Jahr an?
o   a) "Elf"
o   b) "It's a Wonderful Life" und "Home Alone"
o   c) "A Christmas Story"

5. Was macht Jacks Familie nach Weihnachten?
o   a) Sie gehen auf eine Reise
o   b) Sie besuchen Freunde und Verwandte
o   c) Sie schmücken das Haus ab

6. Welche Art von Wettbewerb gibt es?
o   a) Für die besten Kekse
o   b) Für den größten Baum
o   c) Für die schönste
          Weihnachtsdekoration

29

Weihnachten in
Italien
Krippen und Panettone

Lucia lebte in einem kleinen, malerischen Dorf in Italien. Jedes Jahr freute sie sich auf Weihnachten, denn es war die Zeit der alten Traditionen, köstlichen Speisen und fröhlichen Bräuche, die ganz Italien in festliche Stimmung versetzten.

Die Weihnachtszeit in Italien begann offiziell am 8. Dezember, dem Tag der unbefleckten Empfängnis. An diesem Tag stellte Lucias Familie ihre Weihnachtskrippe auf, eine Tradition, die in Italien tief verwurzelt ist. Die Krippe, auch "Presepe" genannt, war liebevoll gestaltet, mit Figuren von Maria, Josef, dem Jesuskind, den Hirten und den Tieren. Lucia half ihrem Vater, die Figuren sorgfältig zu platzieren, und sie liebte es, kleine Details hinzuzufügen, wie winzige Sterne und Moos für den Stall.

In den Wochen vor Weihnachten besuchte Lucia mit ihrer Familie oft Weihnachtsmärkte in der Umgebung. Die Märkte waren voller bunter Stände, an denen handgemachte Geschenke, Süßigkeiten und heiße Schokolade angeboten wurden. Lucia liebte es, die funkelnden Lichter zu bewundern und die festliche Musik zu hören. Ein besonderer Markt war der in der Stadt Trient, wo Lucia eine wunderschöne handgemachte Weihnachtskugel für iahren Baum fand.

Heiligabend, "La Vigilia", war ein Tag voller Vorfreude und Vorbereitung. Lucias Familie fastete den ganzen Tag über und nahm am Abend ein Festmahl mit Fisch zu sich. Es gab Baccala (gesalzenen Kabeljau), Calamari (Tintenfisch) und eine Vielzahl von Meeresfrüchten. Lucia freute sich besonders auf den Panettone, einen traditionellen italienischen Weihnachtskuchen, der nach dem Essen serviert wurde. Der luftige Kuchen war gefüllt mit Rosinen und kandierten Früchten und schmeckte herrlich süß.

Nach dem Abendessen besuchte Lucias Familie die Mitternachtsmesse, "La Messa di Mezzanotte", in der örtlichen Kirche. Die Kirche war prächtig geschmückt und die Menschen sangen Weihnachtslieder. Lucia liebte die feierliche Atmosphäre und das warme Licht der Kerzen, das die Kirche erhellte. Nach der

Messe wünschten sich alle "Buon Natale" – Frohe Weihnachten.
Lucia konnte es kaum erwarten, die Geschenke unter dem
Weihnachtsbaum zu entdecken. Mit schnellen Fingern riss sie das
Papier auf und fand einen funkelnden Sternenprojektor, ein
weiches Kuscheltier und ein Glow-in-the-Dark-Puzzle. Den Rest
des Tages verbrachte sie damit, die magischen Lichter des
Projektors zu bewundern und ihr leuchtendes Puzzle
zusammenzusetzen – ein wahrhaft zauberhafter
Weihnachtsmorgen.

Das Weihnachtsessen war ein Festmahl, das alle Erwartungen
übertraf. Die ganze Familie kam zusammen und der Tisch war
gedeckt mit köstlichen Speisen. Es gab Lasagne, Lammbraten,
gefüllte Auberginen und viele andere Leckereien. Zum Nachtisch
gab es neben Panettone auch Torrone, einen süßen Nougat, den
Lucia besonders liebte.

Eine weitere schöne Tradition in Italien war das Singen von
Weihnachtsliedern, den "Canti di Natale". Lucia und ihre Freunde
zogen von Haus zu Haus und sangen die fröhlichen Lieder,
während sie kleine Geschenke und Süßigkeiten sammelten. Es war
eine Zeit der Gemeinschaft und des Teilens, und Lucia liebte das
Gefühl der Zusammengehörigkeit, das diese Tradition mit sich
brachte.

Am 6. Januar, dem Tag der Heiligen Drei Könige, endete die
Weihnachtszeit in Italien. An diesem Tag wurden die letzten
Geschenke von der Hexe Befana gebracht, die auf ihrem Besen
reitend die Kinder beschenkte. Lucia fand in ihrem Schuh eine Tüte
mit Süßigkeiten und ein kleines Spielzeug, das ihr Herz höher
schlagen ließ.

Weihnachten in Italien war für Lucia eine Zeit voller Wunder und
Freude. Die vielen Traditionen, die köstlichen Speisen und die
fröhlichen Lieder machten diese Zeit des Jahres zu etwas ganz
Besonderem. Lucia kuschelte sich zufrieden in ihre Decke und
schlief mit glücklichen Gedanken ein, während draußen die Sterne
über ihrem malerischen Dorf funkelten und den Himmel erhellten.

Kulturelle Besonderheiten

o Der Heiligabend, „La Vigilia", wird oft mit einem Fischessen gefeiert, bei dem sieben verschiedene Fischgerichte serviert werden.

o Am 6. Januar bringt in einigen Regionen die Hexe Befana die Geschenke.

Geschichtliche Hintergründe

Weihnachten in Italien ist stark von der katholischen Kirche geprägt, und die Krippenspiele sind ein wichtiger Bestandteil der Feierlichkeiten.

Wo ist Italien?

QUIZ

1. Wann beginnt die Weihnachtszeit in Italien offiziell?
   o   a) Am 1. Dezember
   o   b) Am 8. Dezember
   o   c) Am 24. Dezember

2. Was stellt Lucias Familie am 8. Dezember auf?
   o   a) Die Weihnachtskrippe
   o   b) Den Weihnachtsbaum
   o   c) Einen Nussknacker

3. Was isst Lucias Familie am Heiligabend?
   o   a) Truthahn und Kartoffeln
   o   b) Fisch und Meeresfrüchte
   o   c) Pizza und Pasta

4. Was ist Panettone?
   o   a) Ein traditioneller italienischer Weihnachtskuchen
   o   b) Ein italienisches Weihnachtslied
   o   c) Ein Weihnachtsgetränk

5. Was sind die "Canti di Natale"?
   o   a) Weihnachtspizza
   o   b) Weihnachtslieder
   o   c) Weihnachtsbaumanhänger

6. Wer bringt am 6. Januar in Italien die letzten Geschenke?
   o   a) Der Weihnachtsmann
   o   b) Die Hexe Befana
   o   c) Die Heiligen Drei Könige

33

Lösungen: 1-b, 2-a, 3-b, 4-a, 5-b, 6-b

Weihnachten in
Schweden

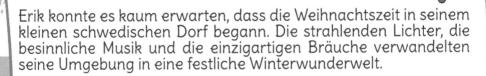

Luciafest und Julbord

Erik konnte es kaum erwarten, dass die Weihnachtszeit in seinem kleinen schwedischen Dorf begann. Die strahlenden Lichter, die besinnliche Musik und die einzigartigen Bräuche verwandelten seine Umgebung in eine festliche Winterwunderwelt.

Die Weihnachtszeit in Schweden begann offiziell am 13. Dezember mit dem Luciafest. In diesem Jahr freute sich Erik umso mehr auf diesen besonderen Tag, als seine große Schwester Sofia die Lucia spielen durfte. Am frühen Morgen zog Sofia ein langes weißes Kleid an und setzte sich eine Krone mit leuchtenden Kerzen auf den Kopf. Sie führte eine Prozession von Mädchen und Jungen an, die ebenfalls weiße Kleider trugen und Kerzen in den Händen hielten. Gemeinsam sangen sie traditionelle Lieder und zogen durch das Haus und die Nachbarschaft. Dabei verbreiteten sie das Licht der Heiligen Lucia.

Erik liebte die Wärme und das Licht der Kerzen, die die langen dunklen Wintertage erhellten. Nach der Prozession genoss die Familie ein Frühstück mit "Lussekatter", süßen Safranbrötchen, und heißer Schokolade. Es war ein wunderschöner Start in die festliche Saison.

In den Wochen vor Weihnachten bereitete sich Eriks Familie auf das große Fest vor. Sie schmückten das Haus mit Adventslichtern, Weihnachtssternen und einem Tannenbaum, der mit selbstgemachtem Schmuck und Strohsternen dekoriert war. Erik half seinem Vater, den Baum zu schmücken, und freute sich über die funkelnden Lichter, die das Wohnzimmer in ein warmes Licht tauchten.

Am Heiligabend, dem 24. Dezember, war die Vorfreude bei Erik und seiner Familie groß. Am Nachmittag besuchten sie die Weihnachtsmesse in der örtlichen Kirche, wo sie die schönen Weihnachtslieder sangen und die festliche Stimmung genossen. Nach der Messe kehrten sie nach Hause zurück, wo das Festessen auf sie wartete.

Das schwedische Weihnachtsessen, "Julbord" genannt, war ein wahres Festmahl. Der Tisch war gedeckt mit einer Vielzahl von köstlichen Speisen wie Schinken, Fleischbällchen, eingelegtem Hering, Janssons Versuchung (Kartoffelauflauf mit Anchovis) und vielen anderen Leckereien. Erik freute sich besonders auf den "Risgrynsgröt", einen Reisbrei, der mit Zimt und Zucker bestreut wurde. In einer der Schüsseln war eine Mandel versteckt, und derjenige, der sie fand, würde im kommenden Jahr Glück haben.

Nach dem Essen versammelte sich die Familie im Wohnzimmer, wo sie Weihnachtslieder sangen und Gedichte vortrugen. Der Höhepunkt des Abends war der Besuch des "Jultomte", des schwedischen Weihnachtsmanns. Erik und seine Schwester Sofia waren aufgeregt, als es an der Tür klopfte und Jultomte mit einem Sack voller Geschenke eintrat. Sie bedankten sich artig und öffneten ihre Geschenke mit großer Freude. Erik erhielt ein Fernglas und Bauklötze, während Sofia einen Schlitten und eine Prinzessinnen-figur.

Am ersten Weihnachtstag, dem 25. Dezember, besuchte die Familie Verwandte und Freunde, um gemeinsam zu feiern und Geschenke auszutauschen. Es war eine Zeit der Freude und des Teilens, und Erik liebte es, seine Cousins und Cousinen zu sehen und mit ihnen zu spielen. Die Tage waren erfüllt von Lachen, Spielen und köstlichem Essen.

Ein weiterer besonderer Tag in der schwedischen Weihnachtszeit war der 13. Januar, der "Knutstag". An diesem Tag wurde der Weihnachtsbaum abgeräumt und die letzten Kekse und Süßigkeiten wurden gegessen. Erik und seine Freunde veranstalteten eine kleine Party und verabschiedeten sich von der festlichen Saison.

Weihnachten in Schweden war für Erik immer eine magische Zeit. Die vielen Lichter, die festlichen Mahlzeiten und die frohen Lieder machten diese Zeit des Jahres zu etwas ganz Besonderem. In der Stille der Winternacht fiel Erik in einen tiefen Schlaf, während draußen die Sterne über dem verschneiten Dorf hell leuchteten und den kalten Winterabend verzauberten.

Kulturelle Besonderheiten

o Die Feierlichkeiten beginnen am 13. Dezember mit dem Luciafest, bei dem Prozessionen mit Kerzen durchgeführt werden.

o Am Heiligabend wird „Julbord" gegessen, ein Buffet mit verschiedenen traditionellen schwedischen Gerichten.

Geschichtliche Hintergründe

Das Luciafest hat seine Wurzeln in vorchristlichen Lichterfesten, die den kürzesten Tag des Jahres markierten.

Wo ist Schweden?

QUIZ

1. Wann beginnt die Weihnachtszeit in Schweden offiziell?
- o   a) Am 1. Dezember
- o   b) Am 24. Dezember
- o   c) Am 13. Dezember

2. Was ist „Julbord"?
- o   a) Ein Weihnachtslied
- o   b) Ein schwedisches Geschenk
- o   c) Ein Buffet mit traditionellen schwedischen Gerichten

3. Was trägt Sofia bei der Lucia-Prozession?
- o   a) Ein langes rotes Kleid
- o   b) Ein langes weißes Kleid und eine Krone mit Kerzen
- o   c) Einen Anzug und eine Mütze

4. Was ist in einer der Schüsseln mit Reisbrei versteckt?
- o   a) Eine Mandel
- o   b) Eine Nuss
- o   c) Ein Bonbon

5. Was ist "Jultomte"?
- o   a) Ein Weihnachtslied
- o   b) Ein schwedischer Schneemann
- o   c) Der schwedische Weihnachtsmann

6. Was passiert am Knutstag, dem 13. Januar?
- o   a) Die Geschenke werden geöffnet
- o   b) Der Weihnachtsbaum wird abgeräumt und die letzten Süßigkeiten werden gegessen
- o   c) Es gibt ein großes Feuerwerk

37

Lösungen: 1-c, 2-c, 3-b, 4-a, 5-c, 6-b

Weihnachten in
Polen

Opłatek und Pierogi

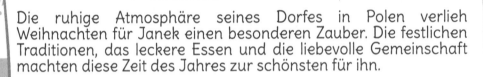

Die ruhige Atmosphäre seines Dorfes in Polen verlieh Weihnachten für Janek einen besonderen Zauber. Die festlichen Traditionen, das leckere Essen und die liebevolle Gemeinschaft machten diese Zeit des Jahres zur schönsten für ihn.

Die Weihnachtszeit in Polen begann mit dem Advent, einer Zeit der Vorbereitung und Besinnung. An jedem Sonntag entzündete Janek mit seiner Familie eine Kerze am Adventskranz, während sie sich auf die Ankunft des Weihnachtsfestes freuten. Das Haus wurde liebevoll mit Tannenzweigen, Kerzen und einem wunderschönen Weihnachtsbaum geschmückt, den Janek mit handgefertigten Ornamenten und glänzenden Lichtern verzierte. Das Schmücken des Baumes war eine seiner Lieblingsbeschäftigungen, und er liebte es, wie die funkelnden Lichter das Wohnzimmer erhellten.

Am 24. Dezember, dem Heiligabend, herrschte geschäftiges Treiben im Haus. Der Tag, in Polen als "Wigilia" bekannt, war voller Vorbereitungen für das große Festessen am Abend. Traditionell fastete die Familie den ganzen Tag über und wartete gespannt auf das Erscheinen des ersten Sterns am Himmel, der das Signal gab, dass das festliche Abendessen beginnen konnte.

Bevor jedoch die köstlichen Speisen genossen wurden, teilte die Familie das traditionelle Oblatenbrot, das "Opłatek". Jeder brach ein Stück des Brotes ab und tauschte es mit den anderen Familienmitgliedern, während sie sich gegenseitig gute Wünsche für das kommende Jahr aussprachen. Diese einfache, aber bedeutungsvolle Geste vermittelte ein starkes Gefühl der Nähe und Verbundenheit, das Janek sehr schätzte.

Das Abendessen bestand aus zwölf verschiedenen Gerichten, die die zwölf Apostel repräsentierten. Fleisch war an diesem Abend nicht erlaubt, stattdessen wurden zahlreiche köstliche Fischgerichte, Suppen und andere vegetarische Speisen aufgetischt. Janeks absolute Lieblingsgerichte waren die Pierogi, gefüllte Teigtaschen mit Sauerkraut und Pilzen, sowie Barszcz, eine Rote-Bete-Suppe, die oft mit kleinen Teigtaschen, genannt

Uszka, serviert wurde. Zum Nachtisch gab es den traditionellen Makowiec, einen saftigen Mohnkuchen, und Piernik, einen würzigen Lebkuchen, der herrlich nach Zimt und Gewürzen duftete.

Nach dem üppigen Mahl versammelte sich die Familie im Wohnzimmer, um gemeinsam die traditionellen Weihnachtslieder, "Kolędy" genannt, zu singen. Janek spielte stolz auf seiner kleinen Blockflöte, während seine Familie fröhlich mitsang. Die Musik erfüllte das Haus mit einer festlichen Stimmung, und Janek fühlte sich geborgen und glücklich.

Später am Abend machte sich die Familie auf den Weg zur Mitternachtsmesse, der "Pasterka", die in der örtlichen Kirche stattfand. Janek liebte es, die feierlichen Gesänge der Gemeinde zu hören und die besondere Stimmung dieser heiligen Nacht zu genießen. Nach der Messe wünschten sich alle "Wesołych Świąt" – Frohe Weihnachten, und die Freude über das Fest war überall spürbar.

Mit einem breiten Lächeln im Gesicht rannte Janek am Weihnachtsmorgen zum festlich geschmückten Baum. Er war neugierig, was sich hinter dem bunten Geschenkpapier verbarg. Sein Herz machte einen Sprung, als er ein ferngesteuertes Auto, einen LED-Fußball, der im Dunkeln leuchtete, und ein Roboterbausatz entdeckte. Den ganzen Tag über probierte er Tricks mit seinem neuen Auto und lernte, seinen eigenen Roboter zusammenzubauen.

Doch die Feierlichkeiten waren damit noch lange nicht vorbei. Die Weihnachtszeit in Polen dauerte bis zum 6. Januar, dem Dreikönigstag. An diesem Tag besuchte Janek mit seiner Familie Freunde und Verwandte, um gemeinsam zu feiern und sich gegenseitig zu segnen. Diese Besuche waren erfüllt von Lachen, gemeinsamen Mahlzeiten und dem Austausch kleiner Geschenke.

Weihnachten in Polen war für Janek immer eine magische Zeit. Die vielen liebgewonnenen Traditionen, die köstlichen Speisen und die frohen Lieder machten diese Zeit des Jahres zu etwas ganz Besonderem. Janek schlief fest ein, mit einem Herz voller Freude, während die Sterne über dem verschneiten Dorf schimmerten und die klare Winterluft erfüllten.

Kulturelle Besonderheiten

o Der Heiligabend, „Wigilia", beginnt mit dem Teilen des „Opłatek", eines gesegneten Oblatenbrotes.

o Das Weihnachtsessen besteht aus zwölf fleischlosen Gerichten, die die zwölf Apostel repräsentieren.

Geschichtliche Hintergründe

Viele polnische Weihnachtstraditionen sind stark von der katholischen Kirche beeinflusst, die im Land eine zentrale Rolle spielt.

Wo ist Polen?

QUIZ

1. Was ist „Wigilia"?
- o a) Der erste Weihnachtstag
- o b) Der Heiligabend
- o c) Der Nikolaustag

2. Was wird am Heiligabend in Polen geteilt?
- o a) Ein Weihnachtsgeschenk
- o b) Ein Opłatek (Oblatenbrot)
- o c) Ein Kuchen

3. Wann beginnt die Weihnachtszeit in Polen offiziell?
- o a) Mit dem Advent
- o b) Am 24. Dezember
- o c) Am 6. Dezember

4. Wie viele Gerichte gibt es beim festlichen Abendessen?
- o a) Zwölf
- o b) Zehn
- o c) Vierzehn

5. Was sind Pierogi?
- o a) Gefüllte Teigtaschen
- o b) Besondere Weihnachtskerzen
- o c) Weihnachtslieder

6. Wann endet die Weihnachtszeit in Polen?
- o a) Am 31. Dezember
- o b) Am 6. Januar
- o c) Am 25. Dezember

41

Weihnachten in
Indien

Farben und Plum Cake

Asha lebte in einem lebhaften, farbenfrohen Dorf in Indien. Obwohl das Land überwiegend hinduistisch geprägt ist, war Weihnachten für Asha und ihre Familie eine Zeit voller Freude und bunter Feierlichkeiten. Besonders in ihrem Dorf, das eine kleine, aber lebendige christliche Gemeinschaft hatte, wurde das Weihnachtsfest auf ganz besondere Weise gefeiert.

Die Vorfreude auf Weihnachten begann schon Anfang Dezember. Die Straßen und Häuser wurden mit bunten Lichtern und festlichen Dekorationen geschmückt, und Asha half ihrer Familie, die schönsten Rangoli-Muster vor dem Hauseingang zu gestalten. Diese kunstvollen Designs aus gefärbtem Pulver sollten Glück und Segen für die kommenden Festtage bringen. Es war eine Tradition, die nicht nur zu Weihnachten, sondern auch bei anderen wichtigen Festen gepflegt wurde, und Asha liebte es, ihre Kreativität in den Mustern auszudrücken.

Eine besonders wichtige Tradition in Ashas Familie war das Aufstellen eines großen, leuchtenden Weihnachtssterns vor dem Haus. Dieser Stern, der den Stern von Bethlehem symbolisierte, leuchtete hell in der Nacht und erinnerte die Familie daran, wie die Weisen dem Stern folgten, um das Jesuskind zu finden. Neben dem Stern schmückten sie auch einen kleinen Weihnachtsbaum mit bunten Ornamenten, Lichtern und handgemachten Verzierungen, die Asha jedes Jahr mit ihrer Mutter bastelte.

In den Wochen vor Weihnachten herrschte geschäftiges Treiben in der Küche. Ashas Mutter bereitete köstliche Leckereien zu, die nur in dieser festlichen Jahreszeit genossen wurden. Besonders der Plum Cake, ein reichhaltiger Früchtekuchen, der in Rum eingelegt war, gehörte zu den traditionellen Weihnachtsspeisen in ihrer Familie. Dieser Kuchen war besonders in der christlichen Gemeinschaft Indiens beliebt und wurde oft mit der ganzen Familie und den Nachbarn geteilt. Dazu kamen viele andere süße Köstlichkeiten wie Kulkuls und Neureos, die Asha gerne naschte.

Am Heiligabend, dem 24. Dezember, versammelte sich die Familie zur Mitternachtsmesse in der örtlichen Kirche. Die Kirche war prachtvoll geschmückt mit Blumen, Kerzen und bunten Girlanden. Die Messe war ein festlicher Höhepunkt, bei dem die Gemeinde fröhliche Weihnachtslieder sang und die Geburt Jesu feierte. Asha liebte die andächtige Atmosphäre und das Gefühl von Gemeinschaft, das die Messe mit sich brachte. Nach der Messe wünschten sich alle „Shub Naya Baras" – Frohe Weihnachten – und kehrten fröhlich nach Hause zurück.

Im warmen Licht des Weihnachtsmorgens öffnete Asha vorsichtig ihre Geschenke. Ein neues Kleid, ein 3D-Druckstift und ein glänzendes Schmuckkästchen zauberten ihr ein Lächeln ins Gesicht. Mit dem 3D-Stift begann sie sofort, kleine Kunstwerke zu erschaffen, während sie ihre neuen Schätze bewunderte. Es war ein kreativer und farbenfroher Tag für Asha.

Das Weihnachtsessen in Indien war ein Festmahl, das viele verschiedene köstliche Gerichte umfasste. Es gab Hühner-Curry, das mit zahlreichen Gewürzen zubereitet war, Biryani, ein duftendes Reisgericht, knusprige Samosas und andere Leckereien. Der Nachtisch bestand nicht nur aus dem traditionellen Plum Cake, sondern auch aus Jalebi, einer sirupartigen Süßspeise, die Asha besonders liebte. Die Familie aß zusammen, lachte und erzählte Geschichten vergangener Weihnachtsfeste. Diese gemeinsamen Mahlzeiten stärkten das Band zwischen den Familienmitgliedern und gaben ihnen ein Gefühl der Zusammengehörigkeit.

Eine weitere liebgewonnene Tradition war das Singen von Weihnachtsliedern, die in Indien als „Carols" bekannt sind. Asha und ihre Freunde zogen von Haus zu Haus, sangen fröhliche Lieder und wurden mit Süßigkeiten und kleinen Geschenken belohnt. Die Lieder verbreiteten Freude und ließen die Herzen der Menschen in der Nachbarschaft höher schlagen. Es war eine Zeit des Teilens und des gemeinsamen Feierns, und Asha genoss jede Minute dieser festlichen Tradition.

Weihnachten in Indien war für Asha immer eine magische Zeit. Die vielen Farben, Lichter, köstlichen Speisen und fröhlichen Lieder machten diese Zeit des Jahres zu etwas ganz Besonderem. Asha glitt mit einem zufriedenen Lächeln ins Land der Träume, während die Sterne hoch oben über dem lebhaften und geschäftigen Dorf funkelten.

Kulturelle Besonderheiten

o Weihnachten wird von der christlichen Minderheit in Indien gefeiert und umfasst das Schmücken von Häusern mit Rangoli-Muster und Weihnachtssternen.

o Der „Plum Cake" ist eine besondere Weihnachtsspezialität.

Geschichtliche Hintergründe

Weihnachten wurde von den europäischen Kolonialmächten, insbesondere den Briten und Portugiesen, nach Indien gebracht.

Wo ist Indien?

QUIZ

1. Wer feiert hauptsächlich Weihnachten in Indien?
- a) Hindus
- b) Buddhisten
- c) Christen

2. Was ist eine typische Weihnachtsspezialität in Indien?
- a) Gulab Jamun
- b) Plum Cake
- c) Samosa

3. Bei welcher Dekoration half Asha ihrer Familie?
- a) Den Weihnachtsbaum
- b) Den Esstisch
- c) Rangoli-Muster

4. Was symbolisiert der große, leuchtende Weihnachtsstern?
- a) Die Geburt Jesu
- b) Den Stern von Bethlehem
- c) Den Nordstern

5. Was aß Ashas Familie zum Weihnachtsfest?
- a) Hühner-Curry und Biryani
- b) Pizza und Burger
- c) Sushi und Ramen

6. Wie wünscht man sich in Indien frohe Weihnachten?
- a) Shub Naya Baras
- b) Feliz Navidad
- c) Buon Natale

45

Lösungen: 1-c, 2-b, 3-c, 4-b, 5-a, 6-a

Weihnachten in der
Türkei
Weihnachtsbasar und Vielfalt

In der geschäftigen Stadt Istanbul lebte ein Junge namens Emre. Obwohl Weihnachten in der Türkei kein offizieller Feiertag ist, feierten einige christliche Minderheiten in Istanbul dieses besondere Fest mit viel Freude und Gastfreundschaft. Für Emre, der muslimischen Glaubens war, war es faszinierend, diese Traditionen aus der Nähe mitzuerleben.

Schon Anfang Dezember begannen die Vorbereitungen in den christlichen Haushalten Istanbuls. Die Häuser wurden mit bunten Lichtern und festlichen Dekorationen geschmückt. Emre war beson-ders begeistert, als sein Freund Alex ihn einlud, beim Schmücken des Weihnachtsbaums zu helfen. Alex' Familie war griechisch-orthodox. Sie stellten einen prächtigen Baum auf, den sie mit glänzenden Kugeln, Kerzen und einer Krippe schmückten. Emre fand es aufregend, wie sich das Wohnzimmer in ein funkelndes Weihnachts-paradies verwandelte.

Ein Höhepunkt der Weihnachtszeit war für Emre der Besuch des traditionellen Weihnachtsbasars. In Istanbul, einer Stadt, die für ihre lebhaften Märkte bekannt ist, gab es zur Weihnachtszeit spezielle Stände, an denen handgemachter Schmuck, köstliche Leckereien und festliche Dekorationen angeboten wurden. Emre und Alex schlenderten oft zusammen von Stand zu Stand, genossen den Duft von Gewürzen und probierten leckere Süßigkeiten wie Baklava und Lokum.

Am Abend des 24. Dezember, dem Heiligabend, lud Alex' Familie Emre und seine Eltern zu einem festlichen Abendessen ein. Obwohl Emre keine christlichen Feiertage feierte, freute er sich auf das Zusammenkommen mit Freunden. Die Tafel war reich gedeckt: Es gab gefüllte Weinblätter, Lamm und verschiedene Gemüsegerichte, die typisch für die griechische und türkische Küche waren. Als Nachtisch gab es einen speziellen Weihnachtskuchen, der traditionell mit Nüssen und Trockenfrüchten zubereitet wurde.

Nach dem Essen erzählte Alex' Großvater Geschichten über die Bedeutung von Weihnachten, und die Familie sang traditionelle

Weihnachtslieder. Emre, der diese Bräuche nicht aus eigener Erfahrung kannte, lauschte gespannt und genoss die festliche Atmosphäre.

Später am Abend besuchte Alex mit seiner Familie die Mitternachtsmesse in einer der vielen historischen Kirchen Istanbuls. Emre war neugierig und beschloss, sie zu begleiten. Die Kirche, geschmückt mit Kerzen und Ikonen, bot eine ruhige, besinnliche Stimmung. Die Gemeinde sang Weihnachtslieder, und die Feierlichkeiten erinnerten Emre an die Bedeutung des Miteinanders, unabhängig von Glauben und Tradition.

Am Morgen des 25. Dezember wachte Alex früh auf und freute sich darauf, die Geschenke unter dem Weihnachtsbaum auszupacken. Emre war auch da, um mit Alex die neuen Spielsachen auszuprobieren, als er plötzlich ein bunt verpacktes Päckchen mit seinem Namen darauf entdeckte. Überrascht blickte er zu Alex' Mutter, die ihn herzlich anlächelte und sagte: „Wir wollten, dass du an unserem Weihnachtsfest teilnimmst, Emre. Deshalb haben wir auch für dich eine Kleinigkeit unter den Baum gelegt." Mit großer Überraschung öffnete Emre das Geschenk und fand darin ein wunderschönes Malheft mit einem hochwertigen Bleistift. Emre, der leidenschaftlich gerne malte, war überwältigt von dieser liebevollen Geste und fühlte sich tief mit Alex' Familie verbunden.

In den folgenden Tagen besuchten Emre und Alex zusammen verschiedene Freunde und Verwandte von Alex' Familie. Die Weihnachtszeit war für Emre eine Zeit des Teilens und der Freundschaft geworden, und er freute sich, Teil dieser Gemeinschaft zu sein, auch wenn er selbst kein Weihnachten feierte.

Weihnachten in Istanbul war für Emre eine Zeit der Offenheit und des kulturellen Austauschs. Die vielen Lichter, das leckere Essen und die festlichen Bräuche ließen ihn diese besondere Zeit des Jahres schätzen. Mit einem zufriedenen Lächeln schlief Emre am Weihnachtsabend ein, während draußen die Lichter der Stadt über dem Bosporus funkelten.

Kulturelle Besonderheiten

o Weihnachten wird von der christlichen Minderheit in der Türkei gefeiert, und die Feierlichkeiten konzentrieren sich auf Städte wie Istanbul und Izmir.

o Weihnachtsmärkte und besondere Gottesdienste sind Teil der Traditionen.

Geschichtliche Hintergründe

Die christliche Minderheit in der Türkei pflegt ihre Traditionen trotz der überwiegend muslimischen Bevölkerung.

Wo ist die Türkei?

QUIZ

1. Was schmückte Emre zusammen mit seinem Freund Alex?
- o   a) Die Fenster
- o   b) Die Haustür
- o   c) Den Weihnachtsbaum

2. Wer feiert in der Türkei Weihnachten?
- o   a) Die muslimische Mehrheit
- o   b) Die christliche Minderheit
- o   c) Touristen

3. Welche Süßigkeiten probierten Emre und Alex auf dem Weihnachtsbasar?
- o   a) Lokum und Baklava
- o   b) Schokolade und Kekse
- o   c) Marzipan und Kuchen

4. Wohin ging Emre am Heiligabend mit Alex' Familie?
- o   a) Zum Basar
- o   b) In die Mitternachtsmesse
- o   c) Zu einem Konzert

5. Was erhielt Emre als Geschenk von Alex' Familie?
- o   a) Ein Buch
- o   b) Ein Spielzeug
- o   c) Ein Malheft und einen Bleistift

6. Wie fühlte sich Emre nach dem Weihnachtsfest in Istanbul?
- o   a) Offen und bereichert durch die neuen Erfahrungen
- o   b) Gelangweilt und desinteressiert
- o   c) Verwirrt und besorgt

49

12 Weihnachten in Frankreich

Réveillon und Weihnachtskrippen

In Frankreich gab es keine Zeit, die Claire mehr liebte als Weihnachten. Ihre malerische Stadt erstrahlte in festlichem Glanz, und die Feiertage waren voller zauberhafter Momente, die die langen Wintertage erhellten und ein Gefühl von Magie verbreiteten.

Die Weihnachtszeit in Frankreich begann offiziell mit dem ersten Advent. Schon Ende November verwandelte sich Claires Zuhause in ein kleines Weihnachtswunderland. Gemeinsam mit ihrer Familie schmückte sie das Haus mit Adventskränzen, Kerzen und einem wunderschönen Weihnachtsbaum, der mit glänzenden Kugeln, Lametta und handgefertigtem Schmuck verziert war. Claire liebte es, ihrem Vater beim Dekorieren des Baumes zu helfen, besonders wenn die funkelnden Lichter das Wohnzimmer in ein warmes Licht tauchten. Es war, als würde das Leuchten der Lichter die Vorfreude auf das bevorstehende Fest noch stärker machen.

Ein besonderer Höhepunkt der Weihnachtszeit waren die Weihnachtsmärkte, die in vielen französischen Städten und Dörfern stattfanden. Claire und ihre Familie besuchten jedes Jahr den berühmten Weihnachtsmarkt in Straßburg, der als einer der ältesten und schönsten Märkte Europas gilt. Die Stände waren reich bestückt mit handgemachtem Schmuck, köstlichen Leckereien und funkelnden Lichtern. Claire liebte es, mit ihrer Familie durch die engen Gassen des Marktes zu schlendern, den verlockenden Duft von Punsch und gebrannten Mandeln zu genießen und der festlichen Musik zu lauschen, die von überall her erklang. Diese Besuche auf dem Weihnachtsmarkt waren für Claire ein magisches Erlebnis, das sie jedes Jahr aufs Neue begeisterte.

Am Heiligabend, dem 24. Dezember, versammelte sich die ganze Familie zu einem festlichen Abendessen, das "Le Réveillon" genannt wurde. Der Tisch war gedeckt mit einer Vielzahl von köstlichen Speisen: Austern, Gänseleberpastete, Truthahn mit Kastanienfüllung und vielen anderen Leckereien. Zum Nachtisch gab es den traditionellen "Bûche de Noël", einen leckeren Schokoladenkuchen in Form eines Baumstamms. Claire half ihrer Mutter, den Kuchen zu dekorieren, und freute sich besonders auf die funkelnden Wunderkerzen, die darauf platziert wurden. Es war ein Moment der reinen Freude, als die Familie zusammenkam, um die köstlichen Speisen zu genießen und die besondere Atmosphäre des Heiligabends zu erleben.

Nach dem Abendessen ging die Familie zur Mitternachtsmesse in die örtliche Kirche. Die Kirche war prachtvoll geschmückt, und die Menschen sangen fröhliche Weihnachtslieder. Es war ein Moment des Friedens und der Gemeinschaft, den Claire tief in ihrem Herzen trug. Nach der Messe wünschten sich alle „Joyeux Noël" – Frohe Weihnachten, und die Familie machte sich zufrieden auf den Heimweg.

Die festliche Stimmung erfüllte das Haus, als Claire am Weihnachts-morgen aufgeregt die Geschenke auspackte. Ein funkelndes Einhorn-Plüschtier, ein interaktives Märchenbuch mit Geräuschen und Lichteffekten und glänzende Ballettschuhe warteten auf sie. Sie vertiefte sich in die zauberhaften Geschichten ihres neuen Buches, während das Einhorn-Plüschtier an ihrer Seite blieb und die funkelnden Ballettschuhe im Licht des Weihnachtsbaums glitzerten.

Eine weitere schöne Tradition in Frankreich war das Aufstellen einer Krippe, "La Crèche" genannt. Die Krippe zeigte die Geburt Jesu und war liebevoll mit Figuren von Maria, Josef, dem Jesuskind, den Hirten und den Tieren gestaltet. Claire half ihrer Mutter, die Krippe aufzubauen, und sie liebte es, kleine Details hinzuzufügen, wie winzige Sterne und Moos für den Stall. Diese Tradition war für Claire etwas ganz Besonderes, und sie freute sich jedes Jahr darauf.

In den Tagen nach Weihnachten besuchte Claire mit ihrer Familie Freunde und Verwandte, um gemeinsam zu feiern und Geschenke auszutauschen. Es war eine Zeit des Teilens und der Freude, und Claire genoss es, Zeit mit den Menschen zu verbringen, die ihr am meisten bedeuteten. Die Besuche bei den Verwandten waren geprägt von Lachen, Geschichten und vielen köstlichen Leckereien.

Weihnachten in Frankreich war für Claire immer etwas Besonderes, mit vielen Traditionen und leckerem Essen. Claire schloss ihre Augen und ließ sich von den schönen Erlebnissen des Tages in den Schlaf wiegen, während die Sterne über der charmanten Stadt am Weihnachtsabend strahlten.

Kulturelle Besonderheiten

o An Heiligabend, „Le Réveillon", findet ein Festessen statt, das oft bis spät in die Nacht dauert.

o Die Krippe, „La Crèche", mit Figuren, die die Geburt Jesu darstellen, ist in vielen französischen Häusern zu finden.

Geschichtliche Hintergründe

Viele französische Weihnachtstraditionen stammen aus dem Mittelalter und sind eng mit der katholischen Kirche verbunden.

Wo ist Frankreich?

QUIZ

1. Wann beginnt in Frankreich offiziell die Weihnachtszeit?
- o a) Am 24. Dezember
- o b) Mit dem ersten Advent
- o c) Ende November

2. Was zeigt die „Crèche" in vielen französischen Häusern?
- o a) Die Geburt Jesu
- o b) Den Weihnachtsmann
- o c) Die Heiligen Drei Könige

3. Welchen Weihnachtsmarkt besucht Claire mit ihrer Familie?
- o a) Den Weihnachtsmarkt in Paris
- o b) Den Weihnachtsmarkt in Lyon
- o c) Den Weihnachtsmarkt in Straßburg

4. Wie nennt man das festliche Abendessen am Heiligabend in Frankreich?
- o a) La Nuit de Noël
- o b) Le Réveillon
- o c) Le Dîner de Noël

5. Was ist der traditionelle Nachtisch am Heiligabend?
- o a) Schokoladenkuchen
- o b) Crêpes
- o c) Bûche de Noël

6. Wann hat Klara das Weihnachtsgeschenk geöffnet?
- o a) Am ersten Advent
- o b) Am Weihnachtsmorgen
- o c) Am 24. Dezember

Lösungen: 1-b, 2-a, 3-c, 4-b, 5-c, 6-b

Weihnachten in Südafrika

Braai und Strand

In einem sonnigen Dorf in Südafrika freute sich Thabo jedes Jahr auf Weihnachten, das hier mitten im Sommer gefeiert wird. Die warmen Tage und langen, strahlenden Abende machten die Weihnachtszeit zu einem besonders fröhlichen und lebhaften Fest, das die Herzen aller erfreute.

Die Weihnachtszeit begann für Thabo mit dem Beginn der Sommerferien im Dezember. Sobald die Schule schloss, erfüllte die Vorfreude auf das kommende Fest die Luft. Gemeinsam mit seiner Familie schmückte Thabo das Haus mit bunten Lichtern und Girlanden. Ein künstlicher Weihnachtsbaum, der mit glänzenden Kugeln und funkelnden Lichtern verziert war, stand mitten im Wohnzimmer. Thabo liebte es, das Haus in festlichen Farben erstrahlen zu lassen, während im Hintergrund seine Lieblings-weihnachtslieder liefen.

Der Heiligabend, der in Südafrika „Christmas Eve" genannt wird, war für Thabo ein Tag der Vorbereitungen und Vorfreude. Da Weihnachten im Hochsommer gefeiert wird, fand das Fest oft draußen statt. Thabos Familie bereitete ein großes Barbecue vor, das als „Braai" bekannt ist und zu den beliebtesten südafrikanischen Traditionen zählt. Es gab gegrilltes Fleisch, Würstchen, frische Salate und viele köstliche Beilagen. Thabo half seinem Vater, das Fleisch perfekt zu grillen, während seine Mutter den Tisch mit bunten Tischtüchern und duftenden Blumen dekorierte.

Nach dem Essen versammelte sich die Familie um den Weihnachtsbaum, um Lieder zu singen und Geschichten zu erzählen. Thabo spielte begeistert auf seiner Trommel, während seine Familie fröhlich mit einstimmte. Die Klänge der Musik und das Lachen erfüllten die warme Sommernacht und schufen eine festliche Atmosphäre, die allen in Erinnerung blieb.

Die warme Sonne strahlte über das Dorf, als Thabo am Weihnachtsmorgen mit leuchtenden Augen die bunten Päckchen öffnete. Ein neues Fußballtrikot, ein elektronisches Schlagzeug-Pad und eine coole Sonnenbrille machten ihn überglücklich. Den

Rest des Tages trug er stolz sein Trikot, trommelte fröhlich auf dem Schlagzeug-Pad und genoss den sonnigen Weihnachtsmorgen mit seiner Familie.

Eine besonders beliebte Tradition in Südafrika ist es, den Weihnachtstag am Strand zu verbringen. Thabo und seine Familie packten ihre Badesachen, Sonnencreme und ein reichhaltiges Picknick ein und fuhren an die Küste. Der Strand war voller fröhlicher Menschen, die im Meer schwammen, surften oder im Sand spielten. Thabo liebte es, in den Wellen zu planschen und prächtige Sandburgen zu bauen, die er mit Muscheln verzierte. Das gemeinsame Picknick am Strand, mit frischen Früchten, lecker belegten Sandwiches und saftigen Mangos, die seine Mutter vorbereitet hatte, war ein weiterer Höhepunkt des Tages. Gemeinsam genossen sie die frische Meeresluft und das warme Sonnenlicht.

Die Weihnachtszeit in Südafrika endete jedoch nicht am 25. Dezember. In den folgenden Tagen besuchte Thabo mit seiner Familie Freunde und Verwandte, um gemeinsam zu feiern und Geschenke auszutauschen. Es war eine Zeit des Teilens und der Freude, und Thabo genoss es, das Gefühl von Zusammengehörigkeit zu erleben, das diese Jahreszeit mit sich brachte.

Weihnachten in Südafrika war für Thabo immer eine magische Zeit. Die warmen Sommertage, die köstlichen festlichen Mahlzeiten und die fröhlichen Lieder machten diese Zeit des Jahres zu etwas ganz Besonderem. Ob am Strand oder im Garten – es war eine Zeit, in der die ganze Familie zusammenkam, um das Leben zu feiern. Mit der angenehmen Wärme des südafrikanischen Sommerabends um sich schlief Thabo schließlich friedlich ein, während die Sterne funkelnd über dem fröhlichen Dorf leuchteten und ihm das Gefühl von Geborgenheit gaben, das nur diese besondere Zeit im Jahr vermitteln konnte.

Kulturelle Besonderheiten

o Weihnachten fällt in Südafrika in den Sommer, daher finden viele Feierlichkeiten im Freien statt, oft als „Braai", einem Barbecue.

o Weihnachtslichter und festliche Dekorationen sind in den Städten weit verbreitet.

Geschichtliche Hintergründe

Die Weihnachtsfeiern in Südafrika wurden von europäischen Siedlern eingeführt und an das warme Klima angepasst.

Wo ist Südafrika?

QUIZ

1. Wann beginnt für Thabo die Weihnachtszeit in Südafrika?
- o a) Am ersten Advent
- o b) Mit dem Beginn der Sommerferien
- o c) Am Heiligabend

2. Was ist ein "Braai"?
- o a) Ein traditionelles Weihnachtslied
- o b) Ein besonderes Weihnachtsdessert
- o c) Ein südafrikanisches Barbecue

3. Was war Thabos Aufgabe beim Braai?
- o a) Den Tisch decken
- o b) Das Fleisch auf den Grill legen
- o c) Die Weihnachtslieder spielen

4. Was macht Thabos Familie am Weihnachtstag?
- o a) Sie besucht die Kirche
- o b) Sie bleibt den ganzen Tag zu Hause
- o c) Sie verbringt den Tag am Strand

5. Welche Geschenke fand Thabo unter dem Weihnachtsbaum?
- o a) Ein neues Fahrrad, einen Kalender und einen Fußball
- o b) Ein Fußballtrikot, eine Trommel und eine Sonnenbrille
- o c) Ein Malheft, ein Buch und einen Fußball

6. Wie endet die Weihnachtszeit in Südafrika für Thabo und seine Familie?
- o a) Sie fahren in den Urlaub
- o b) Sie feiern nur am 25. Dezember
- o c) Sie besuchen Freunde und Verwandte in den folgenden Tagen

57

14 Weihnachten in Griechenland

Kalanda und Kourabiedes

Ein kleiner Junge namens Nikos lebte in einem malerischen Dorf in Griechenland. Weihnachten war für Nikos eine magische Zeit voller Musik, köstlichem Essen und besonderen Traditionen, die das Leben in seinem Dorf bereicherten.

Die Weihnachtszeit in Griechenland begann offiziell am 6. Dezember mit dem Fest des Heiligen Nikolaus, dem Schutzpatron der Seefahrer. Die Häuser und Straßen waren festlich mit Lichtern und Kränzen geschmückt. Vor allem in den Küstenregionen wurde statt des Weihnachtsbaumes ein beleuchtetes Boot aufgestellt. Dieses Boot symbolisierte die enge Verbindung Griechenlands mit dem Meer und erinnerte an die vielen Seefahrer, die während der Weihnachtszeit auf dem Wasser waren.

Am Heiligabend, dem 24. Dezember, begann der Tag für Nikos und seine Freunde früh am Morgen, als sie durch die Straßen des Dorfes zogen, um die traditionellen Weihnachtslieder, die "Kalanda," zu singen. Ausgestattet mit kleinen Glocken und Triangeln gingen sie von Haus zu Haus und erfreuten die Dorfbewohner mit ihren Liedern. Als Dankeschön bekamen sie Süßigkeiten, Nüsse und manchmal auch kleine Geldbeträge, über die sich die Kinder sehr freuten.

Am Abend versammelte sich Nikos' Familie zu einem festlichen Abendessen. Nikos half seiner Mutter bei den Vorbereitungen und war besonders aufgeregt wegen der vielen köstlichen Speisen, die aufgetischt wurden. Das Weihnachtsessen bestand oft aus gebackenem Lamm oder Schwein, verschiedenen Gemüsen und den traditionellen griechischen Süßigkeiten Melomakarona und Kourabiedes. Melomakarona waren honiggetränkte Kekse mit Walnüssen, während Kourabiedes butterige, puderzuckerbestäubte Mandelkekse waren. Nikos liebte es, die Kekse zu dekorieren und dann genüsslich zu verzehren.

Nach dem Abendessen machte sich die Familie auf den Weg zur Mitternachtsmesse in die örtliche Kirche. Die Kirche war prachtvoll geschmückt mit Ikonen, Kerzen und Blumen, die die

Geburt Jesu Christi feierten. Die Menschen sangen gemeinsam wunderschöne Weihnachtslieder, und die feierliche Atmosphäre erfüllte Nikos mit einem tiefen Gefühl der Dankbarkeit. Nach der Messe wünschten sich alle „Kala Christougenna" – Frohe Weihnachten, und die Freude über das Fest war überall spürbar.

Nikos hüpfte aufgeregt aus dem Bett, als die ersten Sonnenstrahlen den Weihnachtsmorgen erleuchteten. Mit glänzenden Augen packte er die Päckchen aus, die unter dem Baum lagen, und entdeckte einen coolen Fahrradhelm, bunte Speichenlichter und neue Fußballschuhe. Den ganzen Vormittag schmückte er sein Fahrrad und probierte stolz seine neuen Schuhe aus.

Die festliche Stimmung setzte sich in den Tagen nach Weihnachten fort, als Nikos mit seiner Familie Freunde und Verwandte besuchte, um gemeinsam zu feiern und Geschenke auszutauschen. Es war eine Zeit des Teilens und der Freude, und Nikos genoss es, die Wärme und Verbundenheit zu spüren, die diese Jahreszeit mit sich brachte.

Ein weiterer Höhepunkt der Weihnachtszeit war der 1. Januar, der Tag des Heiligen Basilius, an dem traditionell die „Vasilopita," ein Neujahrskuchen, angeschnitten wurde. Im Inneren des Kuchens war eine Münze versteckt, und derjenige, der die Münze in seinem Stück fand, würde im neuen Jahr Glück haben. Jedes Jahr hoffte Nikos, dass er der Glückliche sein würde, der die Münze entdeckte.

Die Weihnachtszeit in Griechenland endete am 6. Januar mit dem Fest der Theophanie (Epiphanie), bei dem das Wasser gesegnet wurde. Die Dorfbewohner versammelten sich am Fluss oder am Meer, wo der Priester ein Kreuz ins Wasser warf. Mutige junge Männer sprangen ins kalte Wasser, um das Kreuz zu bergen. Derjenige, der das Kreuz fand, erhielt einen besonderen Segen für das kommende Jahr.

Weihnachten in Griechenland war für Nikos immer eine magische Zeit. Die vielen Traditionen, die köstlichen Speisen und die frohen Lieder machten diese Zeit des Jahres zu etwas ganz Besonderem. Nikos schloss die Augen und ließ sich in den Schlaf gleiten, während draußen die Sterne über dem ruhigen, winterlichen Dorf funkelten und die kalte Nacht erhellten.

Kulturelle Besonderheiten

o Weihnachten beginnt am 6. Dezember mit dem Fest des Heiligen Nikolaus.

o Am morgen des Heiligabend ziehen Kinder durch die Straßen und singen „Kalanda" (Weihnachtslieder).

Geschichtliche Hintergründe

Viele griechische Weihnachtstraditionen sind eng mit der orthodoxen Kirche verbunden und haben tiefe historische Wurzeln.

Wo ist Griechenland?

QUIZ

1. Wann beginnt in Griechenland offiziell die Weihnachtszeit?
- o a) Am 6. Dezember
- o b) Am 1. Dezember
- o c) Am 24. Dezember

2. Was ersetzen die beleuchteten Boote in den Küstenregionen Griechenlands zur Weihnachtszeit?
- o a) Den Weihnachtsstern
- o b) Den Weihnachtsbaum
- o c) Die Krippe

3. Wie heißen die traditionellen griechischen Weihnachtslieder?
- o a) Kalanda
- o b) Melomakarona
- o c) Kourabiedes

4. Welche Süßigkeiten isst Nikos während der Weihnachtszeit?
- o a) Melomakarona und Kourabiedes
- o b) Baklava und Lokum
- o c) Lebkuchen und Stollen

5. Was ist in der Vasilopita, dem Neujahrskuchen, versteckt?
- o a) Eine kleine Figur
- o b) Ein Stern
- o c) Eine Münze

6. Was passiert am 6. Januar während des Festes der Theophanie?
- o a) Es wird ein großes Festmahl vorbereitet
- o b) Die Kinder singen Weihnachtslieder
- o c) Ein Priester segnet das Wasser, und junge Männer bergen ein Kreuz

61

15

Weihnachten in
Israel

Land der heiligen Stätten

In der historischen Stadt Bethlehem war Weihnachten für Miriam mehr als nur ein Fest. Als Geburtsort Jesu war ihre Stadt jedes Jahr der Mittelpunkt der Welt, und sie liebte es, Menschen aus aller Welt zu treffen, die kamen, um dieses heilige Fest zu feiern.

Die Weihnachtszeit in Bethlehem begann schon Anfang Dezember, wenn die Stadt mit festlichen Lichtern und wunderschönen Dekorationen geschmückt wurde. Miriam liebte es, durch die festlich erleuchteten Straßen zu spazieren und die bunten Lichter zu bewundern, die Bethlehem in eine magische Atmosphäre tauchten. Besonders beeindruckend war der große Weihnachtsbaum auf dem Manger Square, der hell erleuchtet und mit funkelnden Ornamenten geschmückt war. Dieser Ort, an dem so viele Menschen zusammen-kamen, um Weihnachten zu feiern, erfüllte Miriam jedes Jahr mit Freude und Stolz.

Ein besonderer Höhepunkt der Weihnachtszeit war für Miriam der Besuch der Geburtskirche, die über der Grotte errichtet wurde, in der Jesus geboren worden sein soll. Miriam und ihre Familie besuchten die Kirche regelmäßig während der Weihnachtszeit, um zu beten und die besondere Stimmung zu genießen. Die Kirche war prachtvoll mit Ikonen, Kerzen und Ornamenten geschmückt, und der Klang der Weihnachtslieder, die von Pilgern und Einheimischen gesungen wurden, erfüllte die Luft. Für Miriam war der Besuch der Geburtskirche ein Moment der inneren Ruhe und des Friedens.

Am Heiligabend, dem 24. Dezember, versammelte sich die Familie zu einem festlichen Abendessen. In Miriams Familie bestand das Weihnachtsessen aus traditionellen Speisen wie "Sfiha", einem herzhaften Fleischgericht, und Knafeh, einem süßen Käsegebäck, das besonders in dieser Zeit sehr beliebt war. Miriam half ihrer Mutter begeistert bei den Vorbereitungen und freute sich darauf, die köstlichen Gerichte mit ihrer Familie zu teilen. Die gemeinsamen Mahlzeiten waren für Miriam immer ein besonderes Highlight, da sie eine Zeit des Lachens, des Erzählens und des Zusammen-gehörigkeitsgefühls bedeuteten.

Nach dem Abendessen besuchten Miriam und ihre Familie die Mitternachtsmesse in der Geburtskirche. Die Messe war ein Höhepunkt der Weihnachtsfeierlichkeiten, und die Kirche war gefüllt mit Menschen aus aller Welt, die zusammenkamen, um die Geburt Jesu zu feiern. Die feierliche Atmosphäre, das warme Licht der Kerzen und die besinnlichen Lieder ließen Miriam die besondere Bedeutung dieser heiligen Nacht tief spüren.

Miriam spürte, wie ihr Herz vor Aufregung klopfte, als sie am Weihnachtsmorgen das Geschenkpapier aufriss. Ein Miniaturen-Bau-Kit, eine funkelnde Haarspange und ein Tagebuch mit Geheimschloss erwarteten sie. Den restlichen Tag verbrachte sie damit, eine kleine Welt mit dem Bau-Kit zu erschaffen und ihre Geheimnisse in das Tagebuch mit Schloss zu schreiben – ein Tag voller Fantasie und Magie.

In den Tagen nach Weihnachten besuchte Miriam mit ihrer Familie Freunde und Verwandte, um gemeinsam zu feiern und Geschenke auszutauschen. Es war eine Zeit des Teilens und der Freude, und Miriam liebte das Gefühl der Gemeinschaft, das diese Zeit des Jahres mit sich brachte. Die Besuche bei den Verwandten und Freunden waren für Miriam immer sehr bedeutsam, da sie so viel Liebe und Herzlichkeit erlebte.

Ein weiterer Höhepunkt der Weihnachtszeit war der 6. Januar, der Tag der Heiligen Drei Könige. An diesem Tag fand eine besondere Prozession statt, die die Reise der Weisen aus dem Morgenland nachstellte. Die Prozession zog durch die Straßen von Bethlehem und endete an der Geburtskirche, wo alle gemeinsam die Ankunft der Könige feierten. Diese Prozession war für Miriam ein magischer Moment, der ihr jedes Jahr aufs Neue die Bedeutung der Weihnachtszeit ins Bewusstsein rief.

Weihnachten in Israel war für Miriam immer eine magische Zeit. Die vielen Traditionen, die heiligen Stätten und die frohen Lieder machten diese Zeit des Jahres zu etwas ganz Besonderem. Miriam schlief ein, erfüllt von den Erinnerungen an den Weihnachtsabend, während die Sterne über der historischen Stadt Bethlehem leuchteten und den Himmel erhellten.

Kulturelle Besonderheiten

o Die christliche Minderheit feiert Weihnachten besonders in Städten wie Nazareth und Bethlehem.
o Die Mitternachtsmesse in der Geburtskirche in Bethlehem ist ein Höhepunkt der Feierlichkeiten.

Geschichtliche Hintergründe

Weihnachten in Israel hat eine besondere Bedeutung, da Israel das Geburtsland Jesu ist und viele historische Stätten der Bibel beheimatet.

Wo ist Israel?

QUIZ

1. In welcher Stadt wohnt Miriam?
- o   a) Tel Aviv
- o   b) Bethlehem
- o   c) Nazareth

2. Was ist besonders beeindruckend auf dem Manger Square?
- o   a) Die Geschenkeverteilung
- o   b) Der große Weihnachtsbaum
- o   c) Das Weihnachtsessen

3. Welches Gericht ist ein traditionelles Weihnachtsessen?
- o   a) Sfiha
- o   b) Weihnachtspizza
- o   c) Döner

4. Was ist ein besonderer Ort in Bethlehem, der während der Weihnachtszeit besucht wird?
- o   a) Die Klagemauer
- o   b) Die Geburtskirche
- o   c) Der Tempelberg

5. Was erhält Miriam an Weihnachten als Geschenk?
- o   a) Ein Haarspange, ein Puppenhaus und ein Tagebuch
- o   b) Ein Spielzeugauto, ein Buch und ein Armband
- o   c) Eine Puppe, ein Buch und einen Kuchen

6. Wann findet die Prozession der Heiligen Drei Könige statt?
- o   a) Am 25. Dezember
- o   b) Am 31. Dezember
- o   c) Am 6. Januar

Lösungen: 1-b, 2-b, 3-a, 4-b, 5-a, 6-c

16 Weihnachten in Brasilien

Feuerwerk und Samba

Lucas lebte in der lebendigen Stadt Rio de Janeiro in Brasilien. Für ihn war Weihnachten die aufregendste Zeit des Jahres, mit fröhlicher Musik, besonderen Traditionen und warmen Sommernächten, die das Fest zu einem wahren Erlebnis machten

In Brasilien begann die Weihnachtszeit Anfang Dezember, wenn die Städte und Dörfer mit bunten Lichtern und festlichen Dekorationen geschmückt wurden. Besonders in Rio de Janeiro war der riesige, schwimmende Weihnachtsbaum auf dem Rodrigo de Freitas-See ein beeindruckender Anblick, den jeder auskosten wollte. Dieser Baum, der oft mit tausenden von funkelnden Lichtern und Ornamenten geschmückt war, symbolisierte die Einzigartigkeit des brasilia-nischen Weihnachtsfestes. Lucas und seine Familie liebten es, am Abend zum See zu gehen, das Lichtspiel zu bewundern und dabei einen warmen Sommerabend in der Stadt zu genießen.

Ein weiterer Höhepunkt der Weihnachtszeit waren die vielen Straßenfeste und Paraden, die in Rio de Janeiro stattfanden. Lucas und seine Freunde nahmen oft an diesen lebhaften Veranstaltungen teil, bei denen Samba-Musik die Straßen erfüllte und Menschen in bunten Kostümen tanzten. Die Kombination aus fröhlicher Stimmung, tropischen Temperaturen und mitreißender Musik machte die Weihnachtszeit in Brasilien unverwechselbar und ließ die Nächte in einem ganz besonderen Licht erstrahlen.

Am Heiligabend, dem 24. Dezember, versammelte sich die Familie zu einem großen Festessen, der „Ceia de Natal". Das traditionelle Weihnachtsessen in Lucas' Familie bestand aus einer Fülle köstlicher Speisen: Truthahn, Schinken, Reis, Salaten und frischem tropischem Obst wie Mangos und Ananas. Zum Nachtisch gab es „Rabanada", eine Art französischen Toast, der in Zimt und Zucker gewälzt und dann in heißem Öl knusprig gebraten wurde. Lucas half seiner Mutter mit Begeisterung bei den Vorbereitungen und freute sich besonders auf das gemeinsame Essen, bei dem die ganze Familie zusammenkam.

Nach dem Festmahl machte sich die Familie auf den Weg zur Mitternachtsmesse, der „Missa do Galo". Diese Messe, die wegen ihres späten Beginns so genannt wird, war ein zentraler Teil der Weihnachtsfeierlichkeiten in Brasilien. Die Kirche war festlich geschmückt, und die Menschen sangen mit Freude Weihnachtslieder, deren Melodien durch die warmen Sommernächte hallten. Lucas genoss die feierliche Atmosphäre und das starke Gefühl der Gemeinschaft, das die Messe mit sich brachte. Nach der Messe wünschten sich alle „Feliz Natal" – Frohe Weihnachten.

Die morgendliche Hitze von Rio de Janeiro machte den Weihnachtsmorgen besonders, als Lucas aufgeregt zum Baum stürmte. Mit einem strahlenden Lächeln riss er das Geschenkpapier ab und entdeckte einen Action-Kamera-Set, mit dem er seine Abenteuer filmen konnte, und ein Fernglas, um die Welt aus einer anderen Perspektive zu entdecken. Er konnte es kaum erwarten, die Kamera zu testen und neue Welten mit dem Fernglas zu erkunden.

In den Tagen nach Weihnachten besuchte Lucas mit seiner Familie Freunde und Verwandte, um gemeinsam zu feiern und Geschenke auszutauschen. Diese Besuche, die oft mit langen Mahlzeiten und viel Lachen verbunden waren, vertieften die familiären Bindungen und waren ein wichtiger Bestandteil der Weihnachtszeit. Es war eine Zeit des Teilens und der Freude, und Lucas schätzte das Gefühl der Gemeinschaft, das diese Jahreszeit mit sich brachte.

Ein weiterer Höhepunkt der Weihnachtszeit war der 6. Januar, der Tag der Heiligen Drei Könige. An diesem Tag fanden in vielen brasilianischen Städten besondere Feste und Paraden statt, die die Ankunft der Könige feierten. Lucas und seine Familie nahmen oft an diesen fröhlichen Veranstaltungen teil und genossen die festliche Stimmung, die noch einmal die Magie von Weihnachten aufleben ließ.

Weihnachten in Brasilien war für Lucas immer eine magische Zeit. Die warmen Sommertage, die festlichen Mahlzeiten und die lebhafte Musik machten diese Jahreszeit zu etwas ganz Besonderem. Die Stadt Rio de Janeiro schien immer noch voller Leben zu sein, als Lucas glücklich einschlief. Über ihm funkelten die Sterne und begleiteten ihn in eine Nacht voller fröhlicher Träume.

Kulturelle Besonderheiten

o Weihnachten fällt in den Sommer und wird oft mit großen öffentlichen Feiern und Feuerwerken gefeiert.

o „Ceia de Natal", das Weihnachtsessen, besteht aus Truthahn, Schinken und tropischen Früchten.

Geschichtliche Hintergründe

Weihnachten in Brasilien wurde von portugiesischen Kolonialherren eingeführt und hat sich mit einheimischen Traditionen vermischt.

Wo ist Brasilien?

QUIZ

1. Wann beginnt die Weihnachtszeit in Brasilien?
o   a) Anfang Dezember
o   b) Am 24. Dezember
o   c) Am 1. Januar

2. Wo steht der riesige, schwimmende Weihnachtsbaum?
o   a) Am Strand von Copacabana
o   b) Im Botanischen Garten
o   c) Auf dem Rodrigo de Freitas-See

3. Welche Art von Musik wird während der Weihnachtsparaden in Rio de Janeiro gespielt?
o   a) Samba-Musik
o   b) Fado
o   c) Klassische Musik

4. Was ist 'Rabanada', das traditionelle Dessert in Brasilien?
o   a) Ein Schokoladenkuchen
o   b) Ein süßes Gebäck mit Zucker und Zimt
o   c) Eine Art französischer Toast

5. Was ist "Ceia de Natal"?
o   a) Ein traditioneller Tanz
o   b) Das Weihnachtsfestessen
o   c) Eine Art Weihnachtslied

6. Wann feiert man in Brasilien den Tag der Heiligen Drei Könige?
o   a) Am 1. Januar
o   b) Am 25. Dezember
o   c) Am 6. Januar

Lösungen: 1-a, 2-c, 3-a, 4-c, 5-b, 6-c

Weihnachten auf den
Bahamas

Junkanoo und Tropen

Weihnachten auf den Bahamas war für Anaya die fröhlichste Zeit des Jahres. Die tropische Hitze machte das Fest zu einer ganz besonderen Erfahrung, voller Musik, Tanz und lebhaften Feierlichkeiten, die die warmen Nächte zum Leben erweckten.

Auf den Bahamas begann die Weihnachtszeit schon Anfang Dezember. Die Häuser und Straßen wurden mit bunten Lichtern und festlichen Dekorationen geschmückt, und Anaya half ihrer Familie, ihr Zuhause in ein tropisches Winterwunderland zu verwandeln. Sie liebte es, die funkelnden Lichter und die leuchtenden Sterne zu bewundern, die in den warmen Nächten über der Nachbarschaft strahlten. Besonders freute sie sich darauf, den Weihnachtsbaum zu schmücken, den sie gemeinsam mit ihren Geschwistern aussuchte und mit Muscheln, Seesternen und leuchtenden Kugeln verzierte.

Ein besonderer Höhepunkt der Weihnachtszeit war das Junkanoo-Festival, das am 26. Dezember und am 1. Januar stattfand. Dieses farbenfrohe Straßenfest, bei dem Menschen in aufwendigen Kostümen tanzten und zu den rhythmischen Klängen von Trommeln, Pfeifen und Kuhglocken durch die Straßen zogen, war ein Ereignis, das das ganze Jahr über mit Spannung erwartet wurde. Anaya und ihre Freunde bereiteten ihre Kostüme mit großer Sorgfalt vor, oft wochenlang im Voraus. Die Parade, an der sie teilnahmen, erfüllte die Straßen mit Lebensfreude, und Anaya genoss jede Minute dieses aufregenden Spektakels. Die Nacht war erfüllt von Trommel-rhythmen und dem Klang von fröhlichem Lachen, während die Parade durch das Dorf zog und die Feiernden bis in die frühen Morgenstunden tanzten.

Am Heiligabend, dem 24. Dezember, versammelte sich Anayas Familie zu einem festlichen Abendessen. Auf den Bahamas gehört zum Weihnachtsessen eine Vielzahl traditioneller Gerichte wie gebratener Truthahn, Schweinefleisch, Reis und Erbsen sowie frisches Gemüse und Obst. Als Nachtisch gab es "Guaven-Duff", ein köstliches Dessert aus Guaven und Teig, das mit einer süßen Sauce serviert wurde. Anaya half ihrer Mutter in der Küche und freute sich besonders auf die vielen leckeren Speisen, die sie gemeinsam zubereiteten. Die ganze Familie kam zusammen, und das Haus war erfüllt vom Duft köstlicher Speisen und dem Klang fröhlicher Gespräche.

Nach dem Essen ging die Familie zur Mitternachtsmesse in die örtliche Kirche. Die Kirche war festlich geschmückt, und die Menschen sangen gemeinsam fröhliche Weihnachtslieder. Anaya liebte das traditionelle Krippenspiel, das jedes Jahr von den Kindern des Dorfes aufgeführt wurde. Nach der Messe wünschten sich alle „Merry Christmas" und kehrten glücklich nach Hause zurück, wo sie noch eine Weile zusammensaßen und heiße Schokolade tranken, während sie sich Geschichten von vergangenen Weihnachtsfesten erzählten.

Anaya spürte, wie die tropische Brise durch das Fenster wehte, als sie am Weihnachtsmorgen ihre Geschenke öffnete. Mit strahlenden Augen fand sie einen Volleyball, eine Wasserrutsche für den Garten und ein wunderschönes Muschelarmband, das ihre Mutter für sie angefertigt hatte. Sie verbrachte den Tag damit, den Volleyball auszuprobieren und auf der Rutsche zu spielen, während sie stolz das Muschelarmband trug.

In den Tagen nach Weihnachten besuchte Anaya mit ihrer Familie Freunde und Verwandte, um gemeinsam zu feiern und Geschenke auszutauschen. Oft verbrachten sie die Abende gemeinsam am Strand, sangen Lieder und sahen zu, wie die Sonne im Meer versank, während die Sterne am Himmel funkelten.

Ein weiterer Höhepunkt war der Neujahrstag, an dem das zweite Junkanoo-Festival stattfand. Anaya und ihre Freunde nahmen erneut an der Parade teil und tanzten durch die Straßen in ihren bunten Kostümen. Die mitreißende Musik und die geschmückten Straßen und Gassen boten einen fröhlichen Start ins neue Jahr und setzten die festliche Stimmung fort. Die Straßen waren voller Menschen, die das neue Jahr mit Lachen und Freude begrüßten, und Anaya fühlte sich als Teil einer großen, glücklichen Gemeinschaft.

Weihnachten auf den Bahamas war für Anaya immer eine magische Zeit. Die warmen tropischen Nächte, die festlichen Mahlzeiten und die fröhlichen Tänze machten diese Jahreszeit zu etwas ganz Besonderem. In den tropischen Nächten der Bahamas glitzerten die Sterne hell am Himmel, während Anaya zufrieden in ihren Träumen von den festlichen Feierlichkeiten des Weihnachtsabends schwebte.

Kulturelle Besonderheiten

o Das Junkanoo-Festival am 26. Dezember und 1. Januar ist eine farbenfrohe Parade mit Musik, Tanz und Kostümen.

o Weihnachtsbäume und Dekorationen sind trotz der warmen Temperaturen verbreitet.

Geschichtliche Hintergründe

Junkanoo hat Wurzeln in afrikanischen Traditionen und wurde von Sklaven während der Kolonialzeit auf den Bahamas entwickelt.

Wo sind die Bahamas?

QUIZ

1. Wann beginnt die Weihnachtszeit auf den Bahamas?
- o a) Mitte November
- o b) Anfang Dezember
- o c) Am 24. Dezember

2. Was ist das Junkanoo-Festival?
- o a) Eine Messe in der Kirche
- o b) Ein Festessen am Weihnachtsabend
- o c) Ein farbenfrohes Straßenfest mit Musik und Tanz

3. Wann findet das Junkanoo-Festival statt?
- o a) Am 25. Dezember und 1. Januar
- o b) Am 26. Dezember und 1. Januar
- o c) Am 24. Dezember und 31. Dezember

4. Welches besondere Dessert wird auf den Bahamas zu Weihnachten serviert?
- o a) Christmas Pudding
- o b) Guaven-Duff
- o c) Baklava

5. Wo geht Anaya nach dem Weihnachtsessen hin?
- o a) Zum Tanzen
- o b) Zum Strand
- o c) Zur Mitternachtsmesse

6. Was liebt Anaya besonders an Weihnachten?
- o a) Die Möglichkeit, Ski zu fahren
- o b) Die festlichen Mahlzeiten und fröhlichen Tänze
- o c) Die kalten Wintertage

Lösungen: 1-b, 2-c, 3-b, 4-b, 5-c, 6-b

18 Weihnachten in Spanien

Paraden der Heiligen Drei Könige

In der spanischen Stadt Sevilla, wo die Winter mild und die Straßen voller Leben waren, begann die Weihnachtszeit für Sofia jedes Jahr mit einem besonderen Glanz. Schon ab dem 8. Dezember, dem Fest der Unbefleckten Empfängnis, verwandelte sich die Stadt in ein Meer aus Lichtern und festlichen Dekorationen. Überall funkelten Lichterketten, leuchtende Sterne und prächtige Weihnachtsbäume, die die dunklen Abende erhellten. Die Luft war erfüllt von den köstlichen Düften frisch gebackener Leckereien und dem Klang fröhlicher Weihnachtslieder, die aus den Fenstern der Häuser drangen.

Sofia liebte es, mit ihrer Familie durch die erleuchteten Straßen zu spazieren und die festliche Atmosphäre zu genießen. Besonders freute sie sich darauf, den Weihnachtsmarkt von Sevilla zu besuchen. An den bunten Ständen wurden handgefertigte Geschenke, leckere Süßigkeiten und kunstvoll gestaltete Krippen-figuren angeboten. Jedes Jahr wählte Sofia ein neues Detail für ihre Krippe zu Hause aus, und dieses Mal entschied sie sich für eine kleine, handbemalte Figur eines Esels. Die Krippe war das Herzstück ihrer Weihnachtsdekoration, und Sofia verbrachte Stunden damit, die Figuren liebevoll zu arrangieren.

Am Heiligabend, "Nochebuena", kam die ganze Familie zusammen, um zu feiern. Der Tisch war reich gedeckt mit köstlichen Speisen: saftiger Lammbraten, frische Meeresfrüchte und allerlei traditionelle Leckereien. Doch Sofias Lieblingsdessert war der "Turrón", eine Süßigkeit aus Mandeln und Honig, die es nur zu Weihnachten gab. Nach dem Essen versammelte sich die Familie im Wohnzimmer, um Weihnachtslieder zu singen und Geschichten zu erzählen. Sofia liebte diese Momente der Gemeinsamkeit, in denen alle zusammenkamen, lachten und die festliche Stimmung genossen. Besonders gern hörte sie die Geschichte von der Geburt Jesu, die ihr Großvater jedes Jahr mit viel Hingabe erzählte.

Später am Abend machten sich Sofia und ihre Familie auf den Weg zur Mitternachtsmesse, "La Misa del Gallo". Die Kirche war prachtvoll geschmückt, und die Menschen sangen mit Freude die traditionellen Weihnachtslieder. Sofia genoss die feierliche Stimmung und das Gefühl der Zusammengehörigkeit, das diese besondere Nacht mit sich brachte. Der warme Schein der Kerzen und der Klang der Orgel füllten die Kirche, und Sofia fühlte sich tief verbunden mit der jahrhundertealten Tradition, die in dieser heiligen Nacht lebendig wurde.

In der milden Winterluft von Sevilla erwachte Sofia am Weihnachts-morgen und entdeckte die liebevoll verpackten Geschenke. Eine funkelnde Prinzessinnen-Krone, ein Zauberstab mit Licht- und Soundeffekten und neue Tanzschuhe ließen ihr Herz hochschlagen. Den Tag verbrachte sie in einer Fantasiewelt, in der sie als Prinzessin regierte und ihren magischen Zauberstab schwang.

Doch die Feierlichkeiten waren noch nicht vorbei. Am 6. Januar, dem Tag der Heiligen Drei Könige, erreichte die Weihnachtszeit ihren Höhepunkt. In Sevilla fand eine große Parade statt, bei der die Heiligen Drei Könige durch die Straßen zogen und Süßigkeiten an die Kinder verteilten. Sofia war begeistert, als sie die Könige auf ihren prächtig geschmückten Wagen sah und voller Freude die Bonbons sammelte, die durch die Luft flogen. Am nächsten Morgen fand sie zusätzliche Geschenke, die die Könige über Nacht gebracht hatten. Diese Überraschungen waren für Sofia immer besonders spannend, denn die Könige brachten oft genau das, was sie sich insgeheim gewünscht hatte.

Weihnachten in Spanien war für Sofia eine Zeit voller Magie, Lichter und Freude. Die vielen Traditionen, die köstlichen Speisen und die besonderen Momente mit ihrer Familie machten diese Zeit des Jahres unvergesslich. Die warmen Umarmungen ihrer Familie, das fröhliche Lachen und die festliche Musik erfüllten ihr Herz mit Glück. Auch die süßen Aromen der festlichen Leckereien, wie Polvorones und Turrón, die in der Luft lagen, trugen zu der unvergleichlichen Stimmung bei.

Sofia schloss ihre Augen, und während sie sanft in den Schlaf glitt, träumte sie von den leuchtenden Paraden, den fröhlichen Königen und all den magischen Augenblicken, die diese festliche Jahreszeit ausmachten. Draußen glitzerten die Sterne über der festlich beleuchteten Stadt Sevilla, und Sofia fühlte sich, als wäre sie Teil eines lebendigen Märchens, das nie enden sollte.

Kulturelle Besonderheiten

o Weihnachten beginnt am 8. Dezember mit dem Fest der Unbefleckten Empfängnis.

o Am 6. Januar finden Paraden zu Ehren der Heiligen Drei Könige statt, die Geschenke bringen.

Geschichtliche Hintergründe

Viele spanische Weihnachtstraditionen haben ihre Wurzeln in katholischen Bräuchen und wurden über Jahrhunderte gepflegt.

Wo ist Spanien?

QUIZ

1. Wann beginnt die Weihnachtszeit in Sevilla für Sofia?

o   a) Am 1. Dezember

o   b) Am 8. Dezember

o   c) Am 24. Dezember

2. Was kauft Sofia jedes Jahr auf dem Weihnachtsmarkt?

o   a) Süßigkeiten

o   b) Eine neue Krippenfigur

o   c) Ein neues Kleid

3. Was isst Sofia am liebsten zum Dessert an Heiligabend?

o   a) Turrón

o   b) Schokoladenkuchen

o   c) Churros

4. Wie heißt die Mitternachtsmesse, die Sofia besucht?

o   a) La Misa de Navidad

o   b) La Misa del Gallo

o   c) La Misa de Reyes

5. Welches besondere Ereignis findet am 6. Januar statt?

o   a) Ein Weihnachtsmarkt

o   b) Eine Parade der Heiligen Drei Könige

o   c) Ein Feuerwerk

6. Was findet Sofia am Morgen des 6. Januar?

o   a) Einen Baum

o   b) Eine Krippe

o   c) Weitere Geschenke

Lösungen: 1-b, 2-b, 3-a, 4-b, 5-b, 6-c

19 Weihnachten in Dänemark

Juleaften und Hygge

Es war einmal ein Junge namens Lars, der in einem gemütlichen Dorf in Dänemark lebte. Weihnachten war für Lars die wärmste und gemütlichste Zeit des Jahres, denn es war eine Zeit voller Lichter, köstlicher Speisen und besonderer Traditionen, die die dunklen Wintertage erhellten.

Die Weihnachtszeit in Dänemark begann offiziell am ersten Advent. Lars und seine Familie schmückten das Haus mit Adventskränzen, Lichtern und einem wunderschönen Weihnachtsbaum, der mit glänzenden Kugeln, Lametta und selbstgemachtem Schmuck verziert wurde. Besonders stolz war Lars auf die selbstgemachten Ornamente, die er und seine Geschwister jedes Jahr bastelten. Diese kleinen Kunstwerke, aus Stroh und Papier gefertigt, erinnerten ihn stets an die Vorfreude und den Spaß, den sie bei der Herstellung hatten. Lars half seinem Vater, den Baum zu schmücken, und er liebte es, die funkelnden Lichter zu bewundern, die das Wohnzimmer in ein warmes, festliches Licht tauchten.

Ein besonderer Höhepunkt der Weihnachtszeit war der 13. Dezember, der Tag der Heiligen Lucia. In der Schule führte Lars' Klasse eine Lucia-Prozession auf, bei der die Kinder in weißen Gewändern und mit Kerzen in den Händen durch die Schule zogen und die traditionellen Lieder sangen. Die leisen, harmonischen Klänge und das sanfte Leuchten der Kerzen verbreiteten eine feierliche Stimmung, die Lars jedes Jahr aufs Neue verzauberte. Besonders gern dachte Lars an die Geschichte der heiligen Lucia zurück, die für ihre Güte und ihren Mut bekannt war. Diese Geschichte, die sie in der Schule lernten, inspirierte Lars und seine Freunde dazu, anderen in der Weihnachtszeit kleine Freuden zu bereiten.

Am Heiligabend, dem 24. Dezember, versammelte sich die Familie zu einem großen Festessen, das "Juleaften" genannt wurde. Das Weihnachtsessen in Lars' Familie bestand aus traditionellen dänischen Gerichten wie Ente oder Schweinebraten, Rotkohl, karamellisierten Kartoffeln und "Risalamande", einem Dessert aus Reis, Milch und Mandeln, das mit Kirschsoße serviert wurde. Eine ganze Mandel war in der Schüssel versteckt, und derjenige, der sie fand, bekam ein kleines Geschenk. Lars hoffte jedes Jahr, die Mandel in seinem Dessert zu finden und das Geschenk zu gewinnen. Die Spannung, wer die Mandel wohl finden würde, sorgte für viel Gelächter und Spaß am Esstisch.

Nach dem Festessen versammelte sich die Familie um den Weihnachtsbaum, um Weihnachtslieder zu singen und Geschenke auszutauschen. Lars spielte auf seiner kleinen Flöte, während seine Familie die fröhlichen Lieder sang. Der Höhepunkt des Abends war, als der Weihnachtsmann, "Julemanden", kam und die Geschenke verteilte. Lars freute sich über seine neuen Spielsachen und verbrachte den restlichen Abend damit, sie auszuprobieren und mit seiner Familie zu spielen.

Am Weihnachtsmorgen, dem 25. Dezember, besuchte die Familie die Kirche, um die Weihnachtsmesse zu feiern. Die Kirche war prachtvoll geschmückt, und die Menschen sangen die traditionellen Weihnachtslieder mit Freude. Lars liebte die feierliche Atmosphäre und das Gefühl der Gemeinschaft, das die Messe mit sich brachte. Nach der Messe wünschten sich alle "Glædelig Jul" – Frohe Weihnachten.

In den Tagen nach Weihnachten besuchte Lars mit seiner Familie Freunde und Verwandte, um gemeinsam zu feiern und Geschenke auszutauschen. Es war eine Zeit des Teilens und der Freude, und Lars liebte das Gefühl der Zusammengehörigkeit, das diese Zeit des Jahres mit sich brachte.

Ein weiterer Höhepunkt der Weihnachtszeit war der 6. Januar, der Dreikönigstag. An diesem Tag zogen die Kinder der Nachbarschaft von Haus zu Haus, sangen Lieder und erhielten kleine Geschenke oder Süßigkeiten. Lars freute sich darauf, mit seinen Freunden durch die Straßen zu ziehen, die festliche Stimmung zu genießen und das neue Jahr im Kreise der Freunde mit Spaß zu beginnen.

Weihnachten in Dänemark war für Lars immer eine magische Zeit. Die vielen Lichter, die festlichen Mahlzeiten und die frohen Lieder machten diese Zeit des Jahres zu etwas ganz Besonderem. Die kalte Winterluft lag still über dem dänischen Dorf, als Lars in einen tiefen, erholsamen Schlaf fiel. Die funkelnden Sterne begleiteten ihn in eine Nacht voller süßer Träume.

Kulturelle Besonderheiten

o Weihnachten beginnt offiziell am ersten Advent und wird mit Kerzen und Adventskalendern gefeiert.

o Am 24. Dezember wird „Juleaften" mit einem festlichen Abendessen gefeiert.

Geschichtliche Hintergründe

Viele dänische Weihnachtstraditionen stammen aus der vorchristlichen Zeit und wurden später mit christlichen Bräuchen kombiniert.

Wo ist Dänemark?

QUIZ

1. Wann beginnt die Weihnachtszeit offiziell in Dänemark?
- o   a) Am ersten Advent
- o   b) Am 13. Dezember
- o   c) Am 24. Dezember

2. Welche Tradition findet in Lars' Schule am 13. Dezember statt?
- o   a) Das Aufstellen des Weihnachtsbaums
- o   b) Die Lucia-Prozession
- o   c) Das Singen von Weihnachtsliedern

3. Was ist im "Risalamande" versteckt?
- o   a) Eine Münze
- o   b) Eine Mandel
- o   c) Ein kleines Spielzeug

4. Wer kommt am Heiligabend, um die Geschenke zu verteilen?
- o   a) Der Weihnachtsmann "Julemanden"
- o   b) Die Heiligen Drei Könige
- o   c) Die Julia

5. Was macht Lars am Weihnachtsmorgen?
- o   a) Er besucht die Kirche
- o   b) Er öffnet seine Geschenke
- o   c) Er geht auf den Weihnachtsmarkt

6. Wann endet die Weihnachtszeit in Dänemark?
- o   a) Am 31. Dezember
- o   b) Am 1. Januar
- o   c) Am 6. Januar

Lösungen: 1-a, 2-b, 3-b, 4-a, 5-a, 6-c

Weihnachten in
Island
Yule Lads und Þorláksmessa

Freyja lebte in einem abgelegenen Dorf in Island, wo Weihnachten für sie die faszinierendste Zeit des Jahres war. Magische Geschi-chten, alte Traditionen und besondere Bräuche erfüllten die langen, dunklen Wintertage mit einem Gefühl von Wärme und Freude.

Die Weihnachtszeit in Island begann offiziell 13 Tage vor Heiligabend mit der Ankunft des ersten der 13 Yule Lads, auch bekannt als Weihnachtsburschen. Diese 13 Yule Lads kamen nacheinander aus den Bergen und besuchten die Kinder in den Nächten bis Weihnachten. Jeder Yule Lad hatte seinen eigenen, einzigartigen Charakter und brachte den Kindern entweder kleine Geschenke oder spielte ihnen Streiche. Freyja stellte jeden Abend ihre Schuhe auf die Fensterbank und hoffte, dass die Yule Lads ihr Süßigkeiten oder kleine Spielsachen hinterlassen würden. Die Ankunft der Yule Lads brachte eine aufregende und fröhliche Stimmung ins Haus, und jeden Morgen sprang Freyja aufgeregt aus dem Bett, um zu entdecken, welche Überraschung die Yule Lads für sie dagelassen hatten.

Ein besonderer Höhepunkt fand am 23. Dezember statt, dem "Þorláksmessa", dem Tag des Heiligen Thorlakur. An diesem Tag versammelte sich Freyjas Familie zu einem besonderen Abend-essen, bei dem oft fermentierter Fisch, "Skata", serviert wurde. Der starke Geruch dieses Gerichts erfüllte das ganze Haus, doch für Freyja war es ein Zeichen, dass Weihnachten wirklich begonnen hatte. Sie liebte es, ihre Großeltern zu besuchen und ihnen dabei zuzuhören, wie sie alte Geschichten über die Bräuche und Tradi-tionen erzählten, die von Generation zu Generation weitergegeben wurden.

Am 24. Dezember, dem Heiligabend, versammelte sich die Familie zu einem großen Festessen. Das Weihnachtsessen in Freyjas Familie bestand aus traditionellen isländischen Gerichten wie geräu-chertem Lamm, "Hangikjöt", und speziellen Weihnachtsbroten, die mit Butter und getrockneten Früchten belegt waren. Freyja half ihrer Mutter in der Küche, während sie die vertrauten Gerüche der Weihnachtszeit in sich aufnahm, und freute sich auf die vielen köstlichen Speisen. Nach dem Essen versammelte sich die Familie um den Weihnachtsbaum, um Weihnachtslieder zu singen und Geschenke auszutauschen. Freyja spielte auf ihrer kleinen Geige, während ihre Familie die fröhlichen Lieder sang. Der warme Klang ihrer Musik erfüllte das Haus und brachte ein Gefühl von Geborgenheit und Freude mit sich.

Nach dem Abendessen ging die Familie zur Mitternachtsmesse in die örtliche Kirche. Die Kirche war festlich geschmückt mit Kerzen und Tannenzweigen, und die Menschen sangen die traditionellen Weihnachtslieder. Freyja liebte die feierliche Atmosphäre, das sanfte Leuchten der Kerzen und das Gefühl der Gemeinschaft, das die Messe mit sich brachte. Nach der Messe wünschten sich alle "Gleðileg jól" – Frohe Weihnachten, und Freyja fühlte sich erfüllt von der Wärme und Liebe, die diese besondere Nacht ausstrahlte.

Am Heiligabend, nach der Mitternachtsmesse, öffnete Freya die Geschenke unter dem Weihnachtsbaum. Mit leuchtenden Augen riss sie das Geschenkpapier auf und fand wunderbare Überraschungen: eine glitzernde Federmappe, ein schönes Seifenblasenset und eine warme Mütze, die ihre Mutter gestrickt hatte, die sie sofort ins Herz schloss. Freya verbrachte den restlichen Morgen damit, mit ihrem Seifenblasenset zu spielen und die warme Mütze stolz zu tragen.

In den Tagen nach Weihnachten besuchte Freyja mit ihrer Familie Freunde und Verwandte, um gemeinsam zu feiern und Geschenke auszutauschen. Es war eine Zeit des Teilens, des Lachens und der Freude.

Ein weiterer Höhepunkt der Weihnachtszeit war der 6. Januar, der Dreikönigstag, der in Island mit einer besonderen Feier beendet wurde. An diesem Tag wurden die Weihnachtsbäume und Dekorationen verbrannt, um die Geister des alten Jahres zu vertreiben und Platz für das neue Jahr zu machen. Freyja und ihre Freunde veranstalteten eine kleine Party, tanzten um das Feuer und verabschiedeten sich von der festlichen Saison mit einem fröhlichem Herzen.

Weihnachten in Island war für Freyja immer eine magische Zeit. Die vielen Lichter, die festlichen Mahlzeiten und die frohen Lieder machten diese Zeit des Jahres zu etwas ganz Besonderem. In der stillen Dunkelheit der isländischen Winternacht erstrahlten die Sterne, während Freyja mit einem Lächeln im Gesicht einschlief und von den magischen Momenten des Weihnachtsabends träumte.

Kulturelle Besonderheiten

o Weihnachten beginnt am 23. Dezember mit dem „Þorláksmessa", an dem fermentierter Fisch gegessen wird.

o Es gibt 13 Yule Lads, die in den 13 Tagen vor Weihnachten kleine Geschenke bringen.

Geschichtliche Hintergründe

Viele isländische Weihnachtstraditionen haben ihre Wurzeln in nordischen Mythen und Legenden.

Wo ist Island?

QUIZ

1. Wann beginnt die Weihnachtszeit offiziell in Island?
- o   a) Am 11. Dezember
- o   b) Am 1. Dezember
- o   c) Am 24. Dezember

2. Was serviert Freyjas Familie traditionell am "Þorláksmessa"?
- o   a) Geräuchertes Lamm
- o   b) Fermentierten Fisch
- o   c) Weihnachtsbrot

3. Wie viele Yule Lads kommen vor Weihnachten?
- o   a) 12
- o   b) 16
- o   c) 13

4. Was sind die "Yule Lads"?
- o   a) Traditionelle Weihnachtsgerichte
- o   b) Weihnachtslieder
- o   c) Figuren, die in den 13 Tagen vor Weihnachten kleine

   Geschenke bringen

5. Was ist "Hangikjöt"?
- o   a) Ein Weihnachtslied
- o   b) Ein traditionelles Gericht mit geräuchertem Lamm
- o   c) Ein festliches Getränk

6. Was verbrennen die Isländer am 6. Januar?
- o   a) Weihnachtsbäume
- o   b) Alte Socken
- o   c) Altes Holz

Lösungen: 1-a, 2-b, 3-c, 4-c, 5-b, 6-a

Weihnachten in Mexiko

Posadas und bunte Piñatas

Puebla in Mexiko war zur Weihnachtszeit bunt und fröhlich. Für Diego, der die Farben und die Musik liebte, war es die aufregendste Zeit des Jahres, in der es viel zu tanzen, zu feiern und zu essen gab.

Die Weihnachtszeit in Mexiko begann bereits am 16. Dezember mit den "Posadas". Diese neuntägigen Feierlichkeiten symbolisierten die beschwerliche Reise von Maria und Josef nach Bethlehem. Jeden Abend zogen Diego und seine Familie in einer festlichen Prozession durch die Straßen ihres Viertels, sangen traditionelle Lieder und baten um Unterkunft – genau wie Maria und Josef es einst getan hatten. Die Häuser, die die Prozession empfingen, waren mit leuchtenden Kerzen, farbenfrohen Lichtern und Krippen ge-schmückt, und die Gastgeber verteilten süße Leckereien wie warme Tamales und Ponche, ein heißes Fruchtgetränk aus tropischen Früchten, Zimt und Zuckerrohr. Diese gemeinsamen Abende waren erfüllt von Wärme und Gemeinschaftssinn, den Diego besonders schätzte.

An Heiligabend, in Mexiko "Nochebuena" genannt, versammelte sich Diegos gesamte Familie zu einem großen Fest im Haus seiner Großeltern. Das Haus war liebevoll dekoriert mit bunten Lichtern, funkelnden Girlanden und einer prachtvollen Krippe, die die Geburt Jesu darstellte. Im Wohnzimmer thronte ein großer Weihnachtsbaum, unter dem sich die Geschenke türmten, und alles war in ein festliches Licht getaucht.

Diegos absoluter Lieblingsmoment der Weihnachtszeit war das Schlagen der "Piñata". Diese bunt verzierte Figur aus Pappmaché war ein Symbol der Freude und mit Süßigkeiten und kleinen Spielsachen gefüllt. Mit verbundenen Augen und bewaffnet mit einem Stock versuchten Diego und seine Freunde, die von der Decke hängende Piñata zu zerschlagen, während sie fröhlich sangen und lachten. Als die Piñata schließlich in einer Regenwolke aus Süßigkeiten zerbrach, stürzten sich die Kinder lachend auf die Leckereien und füllten ihre Taschen bis zum Rand.

Kurz vor Mitternacht, als der Festschmaus vorbei war, machten sich Diego und seine Familie auf den Weg zur Mitternachtsmesse, der "Misa de Gallo". Die Kirche war prachtvoll geschmückt, und die Menschen versammelten sich in festlicher Stimmung, um gemeinsam Weihnachtslieder zu singen. Diego liebte diese feierliche Atmosphäre und das Gefühl der Zusammengehörigkeit, das die Messe mit sich brachte. Es war, als würden das Licht der Kerzen und die warmen Stimmen die Dunkelheit der Nacht vertreiben.

Die ersten Sonnenstrahlen Mexikos begrüßten Diego, als er am Weihnachtsmorgen aus dem Bett sprang. Mit Vorfreude öffnete er seine Geschenke und entdeckte einen Roboter-Helikopter, der fliegen konnte, und digitale Zauberwürfel, die leuchteten und Töne machten. Den Tag verbrachte er glücklich damit, seinen neuen Roboter zu steuern und die Rätsel der Zauberwürfel zu lösen.

In Mexiko endeten die Weihnachtsfeierlichkeiten jedoch nicht am 25. Dezember. Die Feierlichkeiten gingen weiter bis zum 6. Januar, dem Dreikönigstag, auch "Día de los Reyes" genannt. Am Vorabend stellten Diego und seine Geschwister ihre Schuhe sorgfältig vor die Tür, in der Hoffnung, dass die Heiligen Drei Könige ihnen Geschenke bringen würden. Am Morgen entdeckten sie kleine Überraschungen und Süßigkeiten in ihren Schuhen und die Freude war groß.

Ein weiteres Highlight des Dreikönigstages war das gemeinsame Essen des "Rosca de Reyes", eines ringförmigen Kuchens, der mit getrockneten Früchten und Zuckerstreuseln dekoriert war. Im Inneren des Kuchens war eine kleine Figur des Jesuskindes versteckt. Wer die Figur in seinem Stück fand, hatte die Ehre, am 2. Februar, dem Tag der Kerzen, eine Feier auszurichten.

Diego liebte all diese Traditionen und die besondere Atmosphäre, die Weihnachten in Mexiko mit sich brachte. Es war eine Zeit der Freude, des Teilens und der Gemeinschaft. Als die Weihnachtszeit schließlich zu Ende ging, wusste Diego, dass er das nächste Jahr kaum erwarten konnte, wenn die Straßen wieder mit Lichtern erstrahlen und die Klänge der Posadas erneut die Luft erfüllen würden. Diego schlief in den Armen seiner Familie ein, dankbar für die liebevollen Momente und die lebendigen Feierlichkeiten, die Weihnachten in Mexiko zu etwas ganz Besonderem machten.

Kulturelle Besonderheiten

o Die Posadas sind neun Nächte dauernde Feierlichkeiten, die die Reise von Maria und Josef nachstellen bei der sie auf Herbergsuche sind.
o Eine typische Tradition ist das Schlagen der Piñata, gefüllt mit Süßigkeiten und kleinen Spielsachen.

Geschichtliche Hintergründe

Die Tradition der Posadas geht auf die spanische Kolonialzeit zurück, als katholische Missionare sie einführten, um die christliche Botschaft zu verbreiten. Sie nutzten diese festlichen Feiern, um den Einheimischen die Geschichte von Maria und Josefs Herbergssuche vor der Geburt Jesu näherzubringen.

Wo ist Mexiko?

QUIZ

1. Wann beginnen die "Posadas" in Mexiko?
- o   a) Am 24. Dezember
- o   b) Am 6. Januar
- o   c) Am 16. Dezember

2. Was symbolisieren die Posadas?
- o   a) Die Reise der Heiligen Drei Könige
- o   b) Die Geburt Jesu
- o   c) Die Reise von Maria und Josef nach Bethlehem

3. Welches Getränk wird traditionell während der Posadas serviert?
- o   a) Ponche
- o   b) Hot Chocolate
- o   c) Grüner Tee

4. Was ist eine Piñata?
- o   a) Ein traditionelles Essen
- o   b) Eine bunt verzierte Figur, die mit Süßigkeiten gefüllt ist
- o   c) Eine Art Tanz

5. Was machen Diego und seine Familie an Heiligabend?
- o   a) Sie gehen schwimmen
- o   b) Sie feiern mit einem großen Grillfest
- o   c) Sie gehen zur Mitternachtsmesse

6. Welche Süßigkeit wird traditionell am Dreikönigstag gegessen?
- o   a) Tamales
- o   b) Churros
- o   c) Rosca de Reyes

Lösungen: 1-c, 2-c, 3-a, 4-b, 5-c, 6-c

22 Weihnachten in Kolumbien

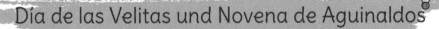

Valeria lebte in einer lebendigen Stadt in Kolumbien, wo Weihnachten mit tropischem Wetter und fröhlichen Festen gefeiert wurde. Die festlichen Lichter und die Musik verwandelten die warmen Abende in eine ganz besondere und magische Zeit.

Während in anderen Teilen der Welt der Winter Einzug hielt, herrschte in Kolumbien ein tropisches Klima. Doch das hält die Kolumbianer nicht davon ab, ihre Weihnachtsfreude mit Begeisterung zu feiern.

Die Weihnachtszeit in Kolumbien begann am 7. Dezember mit dem "Día de las Velitas", dem Tag der kleinen Kerzen. An diesem Tag stellten die Menschen Kerzen und Laternen vor ihre Häuser und auf die Straßen, um die Jungfrau Maria zu ehren. Valeria und ihre Familie liebten es, die unzähligen kleinen Lichter zu bewundern, die die Stadt in ein magisches Licht tauchten. Sie bastelten gemeinsam Laternen, die sie vor ihrem Haus aufstellten, und schufen so eine festliche und besinnliche Atmosphäre. Später am Abend erleuchteten Feuerwerke den Himmel, und die Menschen feierten den Beginn der Weihnachtszeit mit leuchtenden Farben und Freude. Valeria genoss diesen besonderen Anblick und das Gefühl, dass nun die schönste Zeit des Jahres begonnen hatte.

Am 16. Dezember begannen die "Novena de Aguinaldos", neun Tage voller Gebete und Lieder, die Valeria und ihre Familie jeden Abend zusammenbrachten. Gemeinsam feierten sie die bevorstehende Geburt Jesu und sangen traditionelle Weihnachtslieder. Diese Tage der Vorbereitung waren für Valeria besonders schön, weil sie das Gefühl von Gemeinschaft und das Teilen von Freude erlebte.

Am 24. Dezember, dem Heiligabend, versammelte sich die Familie zu einem großen Festessen. Das Weihnachtsessen in Valerias Familie war reich gedeckt mit köstlichen Speisen wie "Ajiaco", einer Hühnersuppe mit Kartoffeln und Mais, gefülltem Schweinefleisch, Reis und Bohnen sowie vielen süßen Leckereien. Zum Nachtisch gab es "Natilla", einen süßen Pudding, und

"Buñuelos", frittierte Käsebällchen. Valeria half ihrer Mutter in der Küche und freute sich auf die vielen köstlichen Gerichte, die sie gemeinsam genießen würden.

Nach dem Abendessen besuchten Valeria und ihre Familie die Mitternachtsmesse in der örtlichen Kirche. Die Kirche war festlich geschmückt, und die Menschen sangen fröhliche Weihnachtslieder. Valeria liebte die feierliche Atmosphäre und das Gefühl der Zusammengehörigkeit, das die Messe mit sich brachte. Nach der Messe wünschten sich alle "Feliz Navidad" – Frohe Weihnachten.

Valeria konnte es kaum erwarten, am Weihnachtsmorgen die farbenfrohen Geschenke unter dem Baum zu öffnen. Ein bunter Drache, ein Prinzessinnen-Kleid und eine LED-Schneekugel ließen ihr Herz höher schlagen. Sie verbrachte den Tag damit, den Drachen steigen zu lassen und sich in ihrem neuen Kleid wie eine Königin zu fühlen, während die Schneekugel mit ihrem beruhigenden Licht die Nacht erhellte.

Ein weiterer Höhepunkt der Weihnachtszeit war der 31. Dezember, der Silvesterabend. Die Familie versammelte sich zu einem festlichen Abendessen und begrüßte das neue Jahr mit Feuerwerken und fröhlichen Liedern. Valeria liebte es, die bunten Lichter am Himmel zu sehen und das neue Jahr mit ihren Liebsten zu feiern.

Die Weihnachtszeit in Kolumbien endete am 6. Januar mit dem Dreikönigstag. An diesem Tag erinnerten sich die Menschen an die Heiligen Drei Könige, die Geschenke zum Jesuskind brachten. In einigen Regionen fanden Paraden statt, und die Kinder stellten ihre Schuhe vor die Tür, um kleine Geschenke zu erhalten, die die Könige über Nacht brachten.

Weihnachten in Kolumbien war für Valeria immer eine magische Zeit. Die vielen Lichter, die festlichen Mahlzeiten und die fröhlichen Lieder machten diese Zeit des Jahres zu etwas ganz Besonderem. Die festlich erleuchteten Straßen von Kolumbien strahlten noch immer, als Valeria glücklich in den Schlaf sank. Über ihr funkelten die Sterne und erfüllten die tropische Nacht mit einem besonderen Glanz.

Kulturelle Besonderheiten

o Weihnachten beginnt am 7. Dezember mit dem „Día de las Velitas", dem Tag der kleinen Kerzen.
o „Novena de Aguinaldos" ist eine neuntägige Feier mit Gebeten und Liedern.

Geschichtliche Hintergründe

Die Weihnachtsbräuche in Kolumbien haben ihre Wurzeln in der spanischen Kolonialzeit und sind stark katholisch geprägt.

Wo ist Kolumbien?

QUIZ

1. Wie feiern die Kolumbianer den Beginn der Weihnachtszeit?
- o a) Mit einem festlichen Essen
- o b) Sie gehen in die Kirche
- o c) Mit Kerzen, Laternen und Feuerwerk

2. Was ist der "Día de las Velitas"?
- o a) Der Tag der kleinen Kerzen
- o b) Der Tag der Geschenke
- o c) Der Tag der Heiligen Drei Könige

3. Was sind "Natilla" und "Buñuelos"?
- o a) Traditionelle Weihnachtsdekorationen
- o b) Traditionelle Weihnachtslieder
- o c) Traditionelle kolumbianische Weihnachtsleckereien

4. Wie viele Tage dauert der "Novena de Aguinaldos"?
- o a) 6
- o b) 9
- o c) 12

5. Was macht Valeria mit ihrer Familie während der "Novena de Aguinaldos"?
- o a) Sie tanzen Salsa
- o b) Sie beten und singen Weihnachtslieder
- o c) Sie schmücken den Baum

6. Was machen die Kinder in Kolumbien am Dreikönigstag?
- o a) Sie besuchen die Mitternachtsmesse
- o b) Sie stellen ihre Schuhe vor die Tür, um Geschenke zu erhalten
- o c) Sie feiern den "Día de las Velitas"

Lösungen: 1-c, 2-a, 3-c, 4-b, 5-b, 6-b

23. Weihnachten in Rumänien

Ignat und Sarmale

In einem verschneiten Dorf in Rumänien erwartete Ana jedes Jahr sehnsüchtig die Weihnachtszeit. Die köstlichen Speisen, die festliche Musik und die Traditionen erfüllten die kalten Wintertage mit Leben und Freude, die sie mit ihrer Familie teilte.

Die Weihnachtszeit in Rumänien begann offiziell am 20. Dezember mit dem „Ignat", dem Tag, an dem traditionell Schweine geschlachtet wurden. Dieser Tag war für die Vorbereitung des Weihnachtsessens von großer Bedeutung. Ana half ihrer Familie dabei, das Fleisch für die vielen festlichen Gerichte vorzubereiten. Während sie half, lauschte sie den Geschichten ihrer Großeltern über alte Traditionen und Bräuche, die diesen Tag so besonders machten. Sie erzählten ihr, wie die Dorfbewohner in früheren Zeiten zusammenkamen, um das Fleisch zu teilen und gemeinsam den Beginn der festlichen Saison zu feiern.

Am 24. Dezember, dem Heiligabend, begann der Tag mit vielen Vorbereitungen. Die Familie schmückte das Haus mit duftenden Tannenzweigen, Lichtern und einem wunderschönen Weihnachts-baum, den sie mit glänzenden Kugeln und handgemachtem Schmuck verzierten. Ana half ihrem Vater, den Baum zu schmücken, und sie bewunderte die funkelnden Lichter, die das Wohnzimmer in ein warmes, festliches Licht tauchten. Zusätzlich dazu schmückten sie auch die Fenster mit traditionellen Motiven und hängten Mistelzweige über die Türen, die Glück und Segen für das kommende Jahr bringen sollten.

Am Abend versammelte sich die Familie zu einem großen Festessen. Das Weihnachtsessen in Anas Familie bestand aus traditionellen rumänischen Gerichten wie „Sarmale" (Kohlrouladen mit Fleisch und Reis), „Cozonac" (süßes Brot mit Nüssen und Rosinen) und vielen anderen Leckereien. Ana half ihrer Mutter in der Küche und freute sich besonders auf die köstlichen Gerichte, die sie gemeinsam zubereitet hatten. Es war eine besondere Freude für sie, die duftenden Aromen der festlichen Speisen zu riechen, die das ganze Haus erfüllten.

Nach dem Abendessen zogen Ana und ihre Freunde durch das Dorf, um die traditionellen Weihnachtslieder, die „Colinde", zu singen. Sie gingen singend von Haus zu Haus und wurden von den Dorfbewohnern mit Süßigkeiten, Früchten und kleinen Geschenken belohnt. Ana liebte es, die Freude in den Gesichtern der Menschen zu sehen, wenn sie die schönen Lieder hörten, die die kalte Nacht drangen.

Die klare Winterluft erfüllte den Weihnachtsmorgen, als Ana aufgeregt zum Baum lief. Mit strahlenden Augen öffnete sie ihre Geschenke und fand einen Puppenwagen, ein Kreativ-Backset und einen Einhorn-Kalender. Den Rest des Tages verbrachte sie damit, in ihrer kleinen Küche Leckereien zu backen und ihren neuen Puppenwagen auszuprobieren.

In den Tagen nach Weihnachten besuchte Ana mit ihrer Familie Freunde und Verwandte, um gemeinsam zu feiern und Geschenke auszutauschen. Es war eine Zeit des Teilens und der Freude, und Ana liebte das Gefühl der Gemeinschaft, das diese Jahreszeit mit sich brachte.

Ein weiterer Höhepunkt der Weihnachtszeit war der 6. Januar, das Fest der Theophanie (Epiphanie). An diesem Tag wurde das Wasser gesegnet, und die Dorfbewohner versammelten sich am Fluss oder am Brunnen, um an der Zeremonie teilzunehmen. Ana und ihre Freunde feierten den Tag mit kleinen Festlichkeiten und genossen die letzten Momente der festlichen Saison. Sie verabschiedeten sich von der Weihnachtszeit mit dem Wissen, dass die Erinnerung an diese besonderen Tage sie durch das restliche Jahr begleiten würde.

Weihnachten in Rumänien war für Ana immer eine Zeit voller Magie. Die vielen Lichter, die festlichen Mahlzeiten und die fröhlichen Lieder machten diese Zeit des Jahres zu etwas ganz Besonderem. Während die kalten Winterwinde um das verschneite rumänische Dorf wehten, schlief Ana friedlich ein. Die Sterne am klaren Himmel funkelten hell und begleiteten sie durch eine Nacht voller wunderbarer Träume.

Kulturelle Besonderheiten

o Weihnachten beginnt am 20. Dezember mit dem „Ignat", dem Tag, an dem traditionell Schweine geschlachtet werden.

o „Sarmale" (Kohlrouladen) und „Cozonac" (süßes Brot) sind typische Weihnachtsgerichte.

Geschichtliche Hintergründe

Viele rumänische Weihnachtstraditionen sind eng mit der orthodoxen Kirche verbunden und haben tiefe historische Wurzeln.

Wo ist Rumänien?

QUIZ

1. Wann beginnt die Weihnachtszeit traditionell in Rumänien?
o   a) Am 1. Dezember
o   b) Am 20. Dezember
o   c) Am 24. Dezember

2. Was sind „Sarmale" und „Cozonac"?
o   a) Traditionelle rumänische Weihnachtsgerichte
o   b) Weihnachtsdekorationen
o   c) Weihnachtslieder

3. Wann geht Ana durch das Dorf und singt Weihnachtslieder?
o   a) Am 20 Dezember morgens
o   b) Am 24. Dezember nach dem Abendessen
o   c) Am 24. Dezember morgens

4. Was ist „Ignat"?
o   a) Der Tag der Geschenke
o   b) Ein traditionelles Weihnachtslied
o   c) Ein traditioneller Tag der Schlachtung von Schweinen

5. Wo versammeln sich die Dorfbewohner am 6. Januar, dem Theophanie Fest?
o   a) Im Skigebiet
o   b) Auf dem Weihnachtsmarkt
o   c) An einem Fluss oder Brunnen

6. Was passiert am Theophanie Fest?
o   a) Es wird gemeinsam gegessen
o   b) Das Wasser wird gesegnet
o   c) Es gibt Geschenke

97

24 Weihnachten in Finnland

Saunen und Weihnachtsfrieden

Jari konnte es kaum erwarten, dass der erste Schnee in seinem kleinen finnischen Dorf fiel. Weihnachten brachte Lichter, Schnee und alte Bräuche, die die dunklen Wintertage in ein Wintermärchen verwandelten und ihn jedes Jahr aufs Neue verzauberten.

Die Weihnachtszeit in Finnland begann mit dem ersten Advent. Überall in den Häusern und auf den Straßen leuchteten Lichter und festliche Dekorationen. Jari half seiner Familie, das Haus zu schmücken, und zusammen stellten sie einen wunderschönen Weihnachtsbaum auf. Dieser Baum wurde mit glänzenden Kugeln, handgemachtem Schmuck und funkelnden Lichtern verziert. Jari liebte es, die warmen Lichter zu betrachten, die das Wohnzimmer erhellten und eine gemütliche Atmosphäre verbreiteten.

Ein besonderer Höhepunkt der Weihnachtszeit war der 13. Dezem-ber, der Tag der Heiligen Lucia. In der Schule führte Jaris Klasse eine Lucia-Prozession auf. Die Kinder zogen in weißen Gewändern und mit Kerzen in den Händen durch die Gänge und sangen die traditionellen Lucia-Lieder. Jari freute sich jedes Jahr auf diesen Tag und genoss die besondere Atmosphäre, die durch das sanfte Kerzenlicht und die feierlichen Lieder entstand.

Am 24. Dezember, dem Heiligabend, begann der Tag für Jari und seine Familie mit einem traditionellen Ritual: dem Besuch der Sauna. Am Nachmittag ging die ganze Familie in die Sauna, um sich zu entspannen und zu reinigen, bevor die festlichen Aktivitäten starteten. Nach dem Saunabesuch zogen sie ihre schönste Kleidung an und bereiteten sich auf das Weihnachtsessen vor.

Bevor jedoch das Festmahl begann, verfolgten sie gemeinsam die feierliche Weihnachtsfriedenserklärung, die traditionell um 12 Uhr mittags aus der Stadt Turku übertragen wurde. Diese Zeremonie markierte den offiziellen Beginn des Weihnachtsfriedens, eine altehrwürdige Tradition, die in Finnland großen Wert auf den Frieden und die Besinnlichkeit der Weihnachtszeit legt. Nachdem die Erklärung verlesen wurde, herrschte eine besondere Stille im Haus, die den Beginn der festlichen und friedvollen Weihnachtsfeierlichkeiten einleitete.

Das Weihnachtsessen, "Joulupöytä" ge-nannt, war ein reichhaltiges Festmahl, das aus vielen traditionellen finnischen Gerichten bestand. Es gab den klassischen Weihnachtsschinken, verschiedene Fischgerichte wie eingelegten Lachs und Heringssalat, dazu Aufläufe, Rote-Bete-Salat und andere Leckereien. Zum Nachtisch gab es "Joulutorttu", Blätterteiggebäck mit Pflaumenmus, und "Piparkakut", knusprige Lebkuchenplätzchen, die Jari besonders gern mochte. Er half seiner Mutter in der Küche und konnte es kaum erwarten, all die köstlichen Speisen zu genießen.

Nach dem Festmahl versammelte sich die Familie um den festlich geschmückten Weihnachtsbaum, um Weihnachtslieder zu singen und Geschenke auszutauschen. Jari spielte auf seiner kleinen Trompete, während seine Familie die fröhlichen Lieder sang. Der Höhepunkt des Abends war der Besuch des Weihnachtsmanns, "Joulupukki", der aus dem fernen Lappland kam, um die Geschenke zu verteilen. Jari war überglücklich und verbrachte den Rest des Abends damit, mit seinen neuen Spielsachen zu spielen.

Am Weihnachtsmorgen, dem 25. Dezember, besuchte die Familie die Kirche, um die Weihnachtsmesse zu feiern. Die Kirche war prächtig geschmückt, und die Menschen sangen mit Inbrunst die tradi-tionellen Weihnachtslieder. Nach der Messe wünschten sich alle "Hyvää Joulua" – Frohe Weihnachten, und die Freude war überall spürbar.

In den Tagen nach Weihnachten besuchte Jari mit seiner Familie Freunde und Verwandte, um gemeinsam zu feiern und Geschenke auszutauschen.

Ein weiterer Höhepunkt der Weihnachtszeit war der 6. Januar, der Dreikönigstag. An diesem Tag wurden die Weihnachtslichter und Dekorationen feierlich abgenommen, und die Familie bereitete sich darauf vor, das neue Jahr willkommen zu heißen. Jari und seine Freunde veranstalteten eine kleine Abschiedsfeier, um die festliche Saison gebührend zu verabschieden.

Weihnachten in Finnland war für Jari immer eine magische Zeit. Die strahlenden Lichter, die köstlichen Mahlzeiten und die fröhlichen Lieder machten diese Zeit des Jahres zu etwas ganz Besonderem. Jari schlief tief und fest ein, während draußen die Sterne über dem verschneiten finnischen Dorf funkelten und den klaren, kalten Himmel erleuchteten.

Kulturelle Besonderheiten

o Die Weihnachtszeit beginnt mit dem ersten Advent.

o Die Sauna und das Lesen der „Weihnachtsfriedenserklärung" am Heiligabend ist eine wichtige Tradition.

Geschichtliche Hintergründe

Der Weihnachtsmann, „Joulupukki", stammt aus Lappland und spielt eine zentrale Rolle in den finnischen Weihnachtstraditionen.

Wo ist Finnland?

QUIZ

1. Was ist ein besonderes Ritual am Heiligabend in Finnland?
- o a) Der Besuch der Sauna
- o b) Das Skifahren
- o c) Das Anzünden von Feuerwerk

2. Woher stammt der finnische Weihnachtsmann „Joulupukki"?
- o a) Aus Helsinki
- o b) Aus Lappland
- o c) Aus Turku

3. Was ist der 13. Dezember in Finnland?
- o a) Der Tag der Heiligen Lucia
- o b) Der erste Advent
- o c) Der Dreikönigstag

4. Was ist "Joulupöytä"?
- o a) Ein Weihnachtslied
- o b) Das Festessen am Heiligabend
- o c) Ein traditioneller finnischer Tanz

5. Was ist "Joulutorttu" ?
- o a) Ein traditionelles Gebäck mit Pflaumenmus
- o b) Ein Weihnachtsdöner
- o c) Ein festliches Getränk

6. Wann wird in Finnland die Weihnachtsdekoration abgenommen?
- o a) Am 25. Dezember
- o b) Am 1. Januar
- o c) Am 6. Januar

Lösungen: 1-a, 2-b, 3-a, 4-b, 5-a, 6-c

Deine eigene Weihnachtsgeschichte

Weihnachten wird auf der ganzen Welt unterschiedlich gefeiert, und jede Familie hat ihre eigenen besonderen Traditionen. Jetzt bist du dran! Erzähle uns von deinem Weihnachtsfest.

Wie feiert deine Familie Weihnachten?

Meine Weihnachtstraditionen

1. Wie feiert deine Familie Weihnachten?
o   Was macht ihr am Heiligabend und am 1. Weihnachtstag?
o   Gibt es besondere Rituale oder Traditionen, die ihr jedes Jahr wiederholt?

....
....
....
....
....
....
....
....
....
....
....
....
....
....
....
....

2. Was esst ihr Weihnachten?

o Beschreibe dein Lieblingsessen, das es bei euch Weihnachten gibt.

o Gibt es spezielle Süßigkeiten oder Nachspeisen, die du besonders magst?

....
....
....
....
....
....
....
....
....
....
....
....

3. Wie schmückt ihr euer Haus?

o Habt ihr einen Weihnachtsbaum? Wie wird er geschmückt?

o Welche anderen Dekorationen gibt es in deinem Haus?

....
....
....
....
....
....
....
....
....
....

Meine Lieblingsmomente an Weihnachten

1. Was magst du am meisten an Weihnachten?
o   Ist es das Geschenkeauspacken, das Essen, das
Beisammensein mit der Familie oder etwas anderes?
2. Erinnere dich an ein besonderes Weihnachtsfest.
o   Was hast du an diesem Tag erlebt? Was hat
diesen Tag so besonders gemacht?

....
....
....
....
....
....
....
....
....
....
....
....
....
....
....
....
....
....
....
....
....
....
....

Male ein Bild von deinem Weihnachtsfest

Nutze die folgende Seite, um ein Bild von deinem schönsten Weihnachtserlebnis zu malen. Das kann ein Moment sein, den du besonders in Erinnerung behalten hast, oder einfach eine Szene, die zeigt, wie ihr Weihnachten feiert.

Meine Weihnachtswünsche

1. Was wünschst du dir für das nächste Weihnachten?

o   Gibt es etwas Besonderes, das du dir wünschst, oder etwas, das du gerne erleben möchtest?

2. Welche guten Taten möchtest du im nächsten Jahr tun?

o   Gibt es etwas, das du für deine Familie, Freunde oder andere Menschen tun möchtest?

....
....
....
....
....
....
....
....
....
....
....
....
....
....
....
....
....
....
....
....
....
....
....

Urheberrecht

Haftungsausschluss

Impressum

1. Auflage
© 2024 Vivian Moreau

Herausgeber: Summiteer Publishing
Autorin: Vivian Moreau
Redaktion: Verlagsbüro Summiteer Publishing
Manuskriptbearbeitung: Verlagsbüro Summiteer Publishing
Covergestaltung und Buchsatz: Verlagsbüro Summiteer Publishing
Verantwortlich für den Druck: Amazon Distribution GmbH

ISBN: 978-1-962829-11-3

Für Fragen und Anregungen:
info@summiteerpublishing.com
2407 Bayshore Ave, Ventura CA

Hinweis zur Genauigkeit und Einladung zur Zusammenarbeit

Dieses Buch wurde mit größter Sorgfalt erstellt, um die Weihnachtsbräuche und -traditionen aus aller Welt so genau und umfassend wie möglich zu beschreiben. Dennoch kann es vorkommen, dass einige Informationen nicht vollständig oder nicht korrekt wiedergegeben sind. Da Traditionen und Bräuche oft regional variieren und sich im Laufe der Zeit ändern können, ist es eine Herausforderung, alle Details perfekt abzubilden.

Solltest du als Leser auf Ungenauigkeiten, veraltete Informationen oder fehlende Details stoßen, wären wir dir sehr dankbar, wenn du uns darauf hinweisen würdest. Dein Feedback ist uns wichtig, damit wir zukünftige Ausgaben dieses Buches noch besser gestalten und so einen wertvollen Beitrag zur Darstellung der weltweiten Weihnachtskulturen leisten können.

Bitte zögere nicht, uns deine Hinweise oder Korrekturen per E-Mail an info@summiteerpublishing.com zukommen zu lassen. Wir freuen uns darauf, von dir zu hören und danken dir im Voraus für deine Unterstützung!

Printed in Poland
by Amazon Fulfillment
Poland Sp. z o.o., Wrocław

40685132R00067